श्मशान चंपा

श्मशान चंपा

शिवानी

राधाकृष्ण प्रकाशन

ISBN : 978-81-8361-282-1

श्मशान चंपा

राधाकृष्ण से पहली बार : 2006
तीसरा संस्करण : 2014
This book is printed on **Print on Demand** Technology : 2024

मूल्य : ₹495

प्रकाशक
राधाकृष्ण प्रकाशन प्राइवेट लिमिटेड
जी-17, जगतपुरी, दिल्ली-110 051

शाखाएँ : अशोक राजपथ, साइंस कॉलेज के सामने, पटना-800 006
पहली मंजिल, दरबारी बिल्डिंग, महात्मा गांधी मार्ग, प्रयागराज-211 001
1, अनमोल सोराबजी संतुक लेन, धोबी तलाव, मरीन लाइंस, मुम्बई-400 002
वेबसाइट : www.radhakrishnaprakashan.com
ई-मेल : info@radhakrishnaprakashan.com

Printed at : Rajkamal Prakashan P.Ltd.

SHMASHAN CHAMPA
Novel by Shivani

श्मशान चंपा

तश्तरी में धरे पानी में तैर रहे बेले की सुगन्ध दवा की तीव्र सुगन्ध में डूबकर रह गई थी। भगवती की उदास दृष्टि, रिक्त कमरे की दीवारों से सरसराती, फिर अपने पीले हाथों पर उतर आई, इस रक्त-शून्य कंकाल के किस छिद्र में उसके प्राण अटककर रह गए थे? असाध्य रोग की यन्त्रणा से दुर्वह तो उसकी स्मृतियों की यन्त्रणा थी, अकेली पड़ी रहती तो कभी यही यन्त्रणा असह्य हो उठती थी। कुछ ही देर पहले चंपा उसे कैप्सूल खिलाकर ड्यूटी पर चली गई थी। अस्पताल की बड़ी-सी गाड़ी उसे लेकर गई तो भगवती का दिल डूबने लगा। एक बार जी में आया, चीखकर उसे रोक दे—"आज तू अस्पताल मत जा बेटी", तबीयत उसे स्वयं ही क्षुब्ध कर उठी थी। उसकी तबीयत क्या आज ही ऐसे घबड़ा रही थी? जब भी चंपा ड्यूटी पर जाने लगती, उसे यही लगता था कि पुत्री के लौटने तक निश्चय ही उसे कुछ हो जाएगा। क्या पता, यही उसे अन्तिम बार देख रही हो? इसी से वह दुःखद सम्भावना उसे विचलित कर उठती थी। किन्तु छलनामयी मृत्यु तो उसे बिल्ली के क्रूर पंजों में दबी चुहिया की ही भाँति खिला-खिलाकर मार रही थी। आज जब वह उसे दवा खिलाने आई तो भगवती बड़ी देर तक उसकी ओर देखती रही थी।

"क्या देख रही हो ऐसे, ममी?" हँसकर उसने पूछा तो भगवती ने यत्न से ही अपनी सिसकी को रोक लिया था। कैसा अपूर्व रूप था इस लड़की का! न हाथ में चूड़ियाँ, न ललाट पर बिन्दी, बिना किनारे की सफेद लेस लगी साड़ी और दुबली कलाई पर मर्दाना घड़ी, यही तो उसका श्रृंगार था, फिर भी जब यहाँ अपनी पहली नौकरी का कार्यभार सँभालने आई तो स्टेशन पर लेने आए नारायण सेनगुप्त ने हाथ जोड़कर भगवती को ही नई डाक्टरनी समझ सम्बोधित किया था, "बड़ी कृपा की आपने, इतनी दूर हमारे इस शहर में तो बाहर की कोई डाक्टरनी आने को राज़ी ही नहीं होती थीं। एक

दो आईं भी तो टिकी नहीं। पर आपको विश्वास दिलाता हूँ, हम आपको किसी प्रकार का कष्ट नहीं होने देंगे।''

''डाक्टरनी मैं नहीं हूँ, मेरी पुत्री चंपा आपके अस्पताल का चार्ज लेगी।'' हँसकर भगवती ने कहा, तो सेनगुप्त उसकी ओर अविश्वास से देखते ही रह गए थे। यह लड़की क्या उनके उस विराट अस्पताल का भार सँभाल पाएगी? एक-एक दिन में कभी सात-आठ लेबर केसेज़ निबटाने पड़ते थे पिछली डॉक्टरनी को, इससे वहाँ कोई टिकती ही नहीं थी और फिर क्या उस सुन्दरी डॉक्टरनी का मन उस रूखे शहर में लग सकता था? किन्तु चंपा को तो ऐसे ही जनशून्य एकान्त की कामना थी। उसे अपना वह छोटा-सा बँगला बेहद प्यारा लगा था। छोटे-से अहाते में धरे क्रोटन के गमले, लॉन में बिछी मखमली दूब और एक-दूसरे से गुँथे खड़े दो ताड़ के वृक्षों की सुदीर्घ छाया! पास में ही दूसरा बँगला था डॉक्टर मिनती घोष का। वही उसकी सहायिका डॉक्टरनी थी। बड़ी-बड़ी आँखें, बड़े-बड़े जूड़े और विकसित देहयष्टि, उस रोबदार डॉक्टरनी के सम्मुख चंपा और भी बच्ची लगती थी।

जिस दिन चंपा ने चार्ज लिया, उसी दिन बेचारी लड़की को अस्पताल की विचित्र ड्यूटी ने चूसकर रख दिया था। न खाने का समय, न सोने का। फिर तो उसकी वह ड्यूटी भगवती के नित्य का सिर-दर्द बन गई। कभी वह सुबह दो टोस्ट और काली कॉफी पीकर निकल जाती और आधी रात को लौटती। भगवती टोकती, तो हँसकर उसके उपालम्भ को वह उड़ाकर रख देती, ''क्या करती, ममी, एक के बाद एक, दो सिजेरियन निबटाने पड़े, मिनी भी तो मेरे साथ भूखी-प्यासी असिस्ट कर रही थी। अब तुम्हीं बताओ, मरीज़ छोड़कर हम खाने कैसे आ जातीं?''

पता नहीं, क्या देखकर लड़की इतनी दूर इस रूखी नौकरी पर रीझकर चली आई थी। न ढंग का अस्पताल, न अपनी भाषा समझने वाली बिरादरी। जिधर देखो, उधर ही काले-काले लौहवर्णी संथाल चेहरे। कभी-कभी तो गोरा चेहरा देखने को भगवती तरस जाती थी। चंपा की असिस्टेंट मिनी का आनन्दी स्वभाव भगवती को मुग्ध कर गया था। देखने में एकदम साधारण थी वह, फिर शरीर के बेतुकी गढ़न ने उसे और भी साधारण बना दिया था। अपने मांसल जिस्म के भार से नाटे कद की वह डॉक्टरनी हर वक्त हाँफती रहती थी। ऊँचे जूड़े की गरिमा उस एलोकेशी के माथे पर शेषनाग

के फन-सी ही घेरे रहती। आँखें बड़ी होने पर भी न जाने कैसी फटी-फटी लगती थीं। फड़कते अधर एक पल को भी स्थिर नहीं रहते। अपनी टूटी-फूटी हिन्दी से वह पहले ही दिन भगवती से अपनी शंकाओं का समाधान करा ले गई थी, "ओ माँ, लखनऊ से यहाँ क्यों आया, माँ जी? आपका लेरकी तो एकदम बाच्चा। हाम पहिले दिन देखा तो लगा, कहीं देखा है। फिर समझा, देखा है पिक्चर में। बझलेन, एकदम सुचित्रा सेन..."

और फिर बड़ी देर तक, वह कुर्सी पर हिल-हिलकर हँसती रही थी। कैसा विचित्र आकार था उसके शरीर का! "एकदम बेलन-सी लगती है री तेरी असिस्टेंट," भगवती ने चंपा से कहा, तो वह एक क्षण को हँसकर फिर गम्भीर हो गई थी।

"देखने में जैसी भी हो, ममी, बहुत काम की लड़की है। उस बेचारी को भी उसका दुर्भाग्य ही यहाँ खींच लाया है। पति फैक्टरी के ऊँचे पद पर थे। गत वर्ष नक्सलपंथियों ने उन्हें अकारण ही गोली से उड़ा दिया, इसी से हमारी तरह सब बेच-बाचकर यहाँ आ गई है।" एक लम्बी साँस खींचकर भगवती चुप रह गई थी। उसने क्या स्वयं हृदय पर पत्थर धरकर अपनी पूरी गृहस्थी मिट्टी के मोल नहीं लुटा दी थी? वैसे सामान्य-सी चेष्टा करने पर चंपा, लखनऊ के मेडिकल कॉलेज में ही छोटी-मोटी नौकरी जुटा सकती थी। उसका मृदु स्वभाव, दिव्य सौन्दर्य स्वयं ही उसकी योग्यता के प्रमाण-पत्र बन सकते थे, किन्तु जान-बूझकर ही वह अपनी प्रतिभा ताक पर धर रुग्णा जननी का हाथ पकड़ इस अनजान परिवेश में चली आई थी।

पिता की मृत्यु, छोटी बहन के कलंक और स्वयं अपने दुर्भाग्य ने उसे बुरी तरह झकझोर दिया था। कहते हैं कि विपत्ति कभी अकेली नहीं आती। विपत्ति का मेघखंड पहले उस परिवार पर गृहस्वामी का सस्पेंशन बनकर मँडराया था। प्रदेश की जैसी अवस्था थी, उसमें कभी भी एक मन्त्रिमंडल की गोदी में बिठाए गए लाड़ले अफसर को उसके अपदस्थ होते ही दूसरा मन्त्रिमंडल किसी क्रूर विमाता ही की-सी निर्ममता से गोदी से नीचे ढकेल देता था। ऐसा ही धरणीधर के साथ भी हुआ था। उनकी कीर्ति, रोब और सुख्याति देखते-ही-देखते न जाने किस शून्य में विलीन होकर रह गई। उन्होंने कब और कैसे सरकारी गाड़ियों का दुरुपयोग किया था, कब अपने अधीनस्थ अधिकारियों से अपनी भव्य कोठी के निर्माण हेतु ट्रक भर-भरकर सीमेन्ट

मँगवाया था और भी न जाने कितने ही अक्षम्य अपराधों का गधाटोप पहनाकर उन्हें विभाग के एक तिरस्कृत कोने में खड़ा कर सस्पेंशन का आर्डर थमा दिया गया था। जिस अट्टालिका का निर्माण उन्होंने न जाने कहाँ-कहाँ से नक्शे के तिनके बीन-बीनकर बड़ी लगन से करवाया था, वही उनका शत्रु बन बैठी। उसी को लेकर, उन पर कीचड़ उछाला जाने लगा। एक ईमानदार अफसर के पास इस भव्य भवन के निर्माण के लिए इतना धन कहाँ से आया? और फिर कैसे उन्होंने मिट्टी के मोल उस अलभ्य ज़मीन का मुरब्बा खरीद लिया था? उस रहस्य का अनावरण करने में जब एक साथ ही कई और उच्च-पदस्थ अफसरों के रहस्यों की चादरें भी स्वयं खिंच-खिंचकर खुलने लगीं तो चटपट विभाग ने उनकी फाइल भी दाखिल दफ्तर कर दी थी। लगता, भ्रष्टाचार किसी महामारी की भाँति पूरे प्रदेश को अपने मुँह में ले चुका है।

वास्तव में धरणीधर की दर्शनीय अट्टालिका की दिव्य छटा इहलौकिक नहीं लगती थी। लगता था, उसकी सृष्टि व्यावहारिक प्रयोजन के लिए नहीं की गई है। एक सोपान पर पग धरते ही निर्माण-कर्त्ताओं का स्थापत्य-चातुर्य, सूक्ष्म सौन्दर्यबोध आँखों को बाँध लेता था। दूर से देखने पर 'धरणी भवन' एक विशाल नेपाली मन्दिर-सा ही लगता था। चीनी पैगोडा-सी बहुमंज़िली ढालू छत चार नक्काशीदार टोढ़ों पर यत्न से टिकाई गई थी। उन टोढ़ों की नुकीली धार हाथी की गर्वीली सूँड़ की ही भाँति ऊपर को उठी थी। बरसाती को पार कर बड़े गोल कमरे में प्रवेश करते ही अतिथियों को लगता, वे किसी श्रेष्ठ ऐतिहासिक विहार में पहुँच गए हैं। कलात्मक गढ़न के चैत्यगवाक्ष, उनके द्वारों की भित्ति, स्तम्भों में उत्कीर्ण मूर्तियों की छटा वास्तव में दर्शनीय थी। प्रत्येक कलाकृति में एक प्रकार की ऐतिहासिक सूक्ष्म प्रतीकात्मकता और सांकेतिकता पारखी आँखों को बरबस बाँध लेती थी। एक कोने में, धरणीधर के किसी अरण्यपाल मित्र की कृपा से उपलब्ध, एक वृत्ताकार पथरीले आसन पर खड़ी एक भग्न मूर्ति देखनेवालों को सबसे पहले आकर्षित करती थी। उस नारी-मूर्ति का मुखमण्डल शान्त एवं गम्भीर था। उसके दक्षिण हस्त में शृंगार और वाम हस्त में एक खंडित मंजूषा थी। उसके उन्नत वक्ष एवं सुडौल पृष्ठभाग को पीछे धरे टेबल लैम्प का धूमिल प्रकाश बड़े कौशल से छन-छनकर आलोकित कर उठता था।

उस मूर्ति को लेकर भगवती की कई बार पति से चख-चख भी हो उठी

थी, "जब से मरी यह खंडित मूर्ति घर में आई है, तब से ही बुरे ग्रह हमारे पीछे लग गए हैं। मैं इसे किसी दिन जाकर गोमती में बहा आऊँगी।" किन्तु आज तक वह उसे जलसमाधि नहीं दे पाई थी। चंपा के नए बँगले के ड्राइंगरूम के कोने में अब भी वह मूर्ति उसी धृष्टता से मुस्कराती खड़ी थी।

"कभी ध्यान से देख है तुमने, चंपा!" धरणीधर ने एक दिन हँसकर कहा था, "इस मूर्ति की शक्ल तुमसे कितनी मिलती है!"

सचमुच ही इस मूर्ति की सुतवाँ नाक, रसीली-बोझिल पलकों से ढकी कर्णचुम्बी आँखों और नुकीली चिबुक की गढ़न का चंपा के चेहरे से आश्चर्यजनक साम्य था। उस मूर्ति की भाँति, शान्त गम्भीर थी चंपा। दोनों बहनों में तो, एक का नक्शा भी दूसरी से मेल नहीं खाता था। जुही का कद छोटा था। चंपा थी लम्बी। जुही का शरीर भरा-भरा था, नाक सामान्य-सी ऊपर को उठी थी, जिसे विदेशी कहते हैं 'सब नोज'। चंपा की नाक की गढ़न एकदम यूनानी थी। जुही के उजले, दूध से धुले रंग के सामने चंपा का रंग कभी-कभी बेहद दबा, थका, हारा-सा लगने लगता था, फिर भी चंपा चंपा थी, जुही जुही। वह भी मेडिकल कॉलेज में पढ़ती थी, पर क्या मजाल जो कभी उसका कोई सहपाठी उसके घर झाँकने भी आया हो। उधर जुही के तरुण मित्र भगवती के नित्य का सिरदर्द बनकर रह गए थे। बड़े-बड़े बाल, लम्बे गलमुच्छे और नीले-पीले कुर्ते वाले तनवीर बेग को देखकर तो भगवती का खून खौल उठता था।

"मैंने उसे राखी बाँधी थी, ममी, देखिए कितनी सुन्दर साड़ी लाया है मेरे लिए।" कोटाजरी का आँचल सिर पर डालकर मुस्कराती जुही उसके सम्मुख खड़ी हुई तो भगवती का चेहरा न जाने कैसा हो गया था। इन राखीबन्द बिना रिश्ते के धर्म-भाइयों से वह बेहद घबड़ाती थी। माँ का चेहरा देखकर चतुरा जुही ने गिरगिट-सा रंग बदल लिया था, "क्यों घबड़ा रही हो, ममी, मैंने तनवीर से कह दिया है, मैं यह साड़ी लूँगी तो ममी मुझे काटकर फेंक देंगी। अभी जा रही हूँ लौटाने। वह तो तुम्हें दिखाने ले आई थी।" साड़ी तो जुही लौटा आई, किन्तु भगवती फिर भी आश्वस्त नहीं हो पाई थी। चंपा इधर मेडिकल कॉलेज ही में रहती थी। इसी से जुही की गतिविधि पर नियन्त्रण रखना उसके लिए एक प्रकार से असम्भव हो चला था। जैसे भी हो, दोनों पुत्रियों के कन्यादान से मुक्ति पाना चाहती थी भगवती।

फिर मेडिकल कॉलेज की एक पर्वतीय छात्रा के प्रेम-विवाह ने उसे बुरी तरह सहमा दिया था। लक्ष्मी पन्त चंपा के साथ ही पढ़ती थी। जब पहली बार मेडिकल कॉलेज में प्रवेश लेने आई, तो उन्हीं के यहाँ रुकी थी। असाधारण रूप से गोरी होने पर भी उसकी फूहड़ वेशभूषा ने उसे साधारण बनाकर रख दिया था। घर की धुली पतली साड़ी के नीचे बेहद छोटा पेटीकोट, कई जगह पैबन्द लगी चप्पलें। न जाने कितनी पीढ़ियों का बिस्तर वहन करते-करते छलनी बन गया बिस्तर-बन्द और फूलदार बक्सा। उसके पिता भगवती के श्वसुर-कुल के पुरोहित थे। लक्ष्मी, उनकी सात पुत्रियों में सबसे छोटी पुत्री थी। पर्वतीय प्रदेश की छात्राओं के लिए दी गई किसी विशेष छात्रवृत्ति की बैसाखियाँ टेकती वह पिता के साथ भगवती की राजसी बरसाती में खड़ी हुई तो उसे बेचारी लड़की पर तरस ही आया था।

दो दिन की यात्रा पंडिताइन की बनाई गुड़पापड़ी फाँककर ही सम्पन्न की थी लोकमणि पन्त ने। नौकर चाय-नाश्ता लाकर रख गया, तो उन्होंने कहा था, ‘‘नहीं धुलैंणी, दिन डूब गया है—अब तो मैं बिना संध्या किए कुछ नहीं खाऊँगा। तुम तो जानती हो, अपनी बामणी को छोड़, मैंने आज तक किसी और के हाथ का दाल-भात नहीं खाया। मुसंबी के रस में आटा गूँथकर अगर चार पूड़ी तल दोगी, तो काम चल जाएगा। दूध के गुँथे आटे में मेरी श्रद्धा नहीं रही। जानती तो हो, शुद्ध दूध कहाँ मिलता है आजकल! मुसंबी के रस में तो किसी मिलावट का डर नहीं रहता।’’

फिर अपनी सुदीर्घ संध्या में, पतली नाक दबाए, लोकमणि पंडित घंटों डूबे रहे थे।

उन्हीं की पुत्री लक्ष्मी पन्त ने जब सेकंड ईयर में पहुँचते ही अपनी केंचुली उतारकर दूर फेंक दी, तो भगवती दंग रह गई थी। कौन कहेगा यह वही सिड़बिल्ली लच्छी पन्त है! लुंगीधरिणी, उत्तरीयविहीना उस मधुछन्दा को वह पहले पहचान नहीं पाई थी। कपड़ों में ही नहीं, उसके बोलने-हँसने, उठने-बैठने में भी एक सर्वथा नवीन लटका आ गया था। बेचारे पुरोहित जी अपनी इस पुत्री को देखकर अब क्या उसी मनोयोग से संध्या कर पाएँगे? फिर धीरे-धीरे लक्ष्मी ने उसके यहाँ आना भी छोड़ दिया था। लगता था, उसकी मित्र-मंडली अब बहुत विस्तृत हो चली है। और फिर एक दिन जुही ने युनिवर्सिटी से आते ही भगवती को उसके विवाह की सूचना दी थी।

‘‘ममी, जातनी हो, लच्छी पन्त ने शादी कर ली!’’

"क्या?" भगवती जैसे आकाश से गिरी थी, "इस काले महीने में भला किसी पहाड़ी लड़की की शादी होती है? क्या बक रही है तू?"

"हाँ, ममी, दीदी ने तो हमें कुछ नहीं बताया। अभी-अभी तनवीर ने मुझे बताया।" उत्तेजित होकर जुही फिर स्वयं ही सब कुछ बताने लगी थी।

"चल हट," भगवती को सचमुच ही विश्वास नहीं हुआ था, "किसी ने झूठी खबर उड़ा दी होगी। कल ही तो पंडित जी ने उसके नाम का मनीआर्डर यहाँ के पते पर भेजा है री!"

"त्रिकालदर्शी-ज्यातिषी हैं न पंडित जी। नए दामाद के लिए टीका भेजा होगा, ममी। पर जब उसका नाम सुनेंगे, तो नाक दबाकर संध्या-वंध्या भूल जाएँगे। जानती हो क्या नाम है?"

हाथ की फाइल मेज़ पर पटक, चुलबुली जुही माँ को ऐसे छेड़ने लगी थी जैसे स्वयं उसी ने प्रेम-विवाह किया हो, "नाम है मसूद अली। वाह-वाह, अब की ईद में समधियाने की सेंवई खाएँगे हमारे पुरोहित जी। और अब तुम्हारी कथा-वथा वहीं कराएँगे, समझीं ममी!! अब तो मौलूद कराएँगे लोकमणि पन्त।"

"चुप कर अभागी!" भगवती न जाने कैसी सहम-सी गई थी। चंपा को वह जानती थी। अपने उस शान्त धीर-गम्भीर पुत्री से उसे कभी ऐसी कोई आशंका नहीं हो सकती थी, किन्तु जुही?

'वृश्चिक लग्न है, तेरी इस पुत्री का भगवती!' कभी भगवती के पिता ने जुही की कुंडली देखकर कहा था, 'सावधान रहना, कभी बिच्छू-सा ही डंक मार देगी तुझे।' सचमुच ही बिच्छू का-सा डंक देकर उसे तिलमिला गई थी छोकरी। चंपा घर आई, तो भगवती ने उसे आते ही उलाहना दिया था, "क्यों री, लच्छी छोकरी ने तो सुना किसी मुसलमान डॉक्टर से शादी कर ली और तूने हमें कुछ बताया भी नहीं!"

"क्यों, इसमें भला बताने की कौन-सी बात थी? दोनों एक-दूसरे से विवाह करना चाहते थे। कर लिया। कोई निमन्त्रण-पत्र तो बाँटे नहीं गए। तुम उसे कुछ उपहार देना चाहो तो दे देना। कल मैंने उसे खाने पर बुलाया है।"

लड़की की स्निग्ध हँसी में कहीं भी जुही के व्यंग्य का तीखापन नहीं था। फिर भी, भगवती बौखला गई थी, "उस कलमुँही को घर न्यौता दे

आई तू! तेरी अक्ल पर भी क्या पत्थर पड़ गए हैं! वही मुसल्टा रह गया है उपहार देने को। उपहार दूँगी न कद्दू! बाप सुनेगा तो निश्चय ही ताल में कूदकर जान दे देगा।"

"कैसे ओछे विचार हैं तुम्हारे, ममी!" अपनी इस अल्पभाषिणी पुत्री का अनावश्यक तर्क-वितर्क भगवती को अकारण ही शंकालु बना गया था। ओफ, कहीं उसने भी तो अपने लिए कोई ऐसा ही वर नहीं ढूँढ़ लिया?

"हमारे साथ की कई लड़कियों ने तो अन्तर्जातीय विवाह किए हैं। अपने समाज में यदि सुयोग्य पात्र नहीं जुटता, तो दूसरे समाज को अपनाने में भला क्या दोष है? देखतीं नहीं, अपने ही समाज में कन्यादान निभाने की मूर्खता के पीछे हमारा कुमाऊँ कैसा चौपट हुआ जा रहा है। यदि हमारा दृष्टिकोण ऐसा ही संकीर्ण बना रहा तो एक से एक मौरोन को जन्म देंगी हमारी पर्वतकन्याएँ!" भगवती के हाथ-पैर सुन्न हो गए थे। यह कैसा बदला रूप देख रही थी वह अपनी शान्त पुत्री का? बहुत पहले उसने एक बार ऐसे ही बचकाने तर्क की कहानी सुनी थी। पर्वतीय समाज की एक प्रतिष्ठित ब्राह्मण बिरादरी की कन्या ने जब कुमाऊँ के प्रथम अन्तर्प्रदेशीय विवाह का द्वार खोला, तो उसके दुःसाहस से पूरा कुमाऊँ थर-थर काँप उठा था। एक वर्जित बिरादरी के धृष्ट ब्राह्मण ने फिर उसी स्वयंवरा के पिता को मार्ग में रोक दिया था, "क्यों गुरु, विवाह ही करना था तो बाहर क्यों गए, हम क्या बुरे थे!"

"देखो जी, हम हैं खानदानी जोशी, हमेशा बासमती खाते हैं। यहाँ नहीं जुटेगी तो बाहर से मँगवाएँगे, पर खाएँगे हमेशा बासमती! तुम अभागों का 'ठठू कौंण' (मोटा अनाज) कभी नहीं छू सकते, चाहे भूखे ही रहें...समझे?"

किन्तु अब भी क्या जोशियों की बासमती के प्रति वैसी ही निष्ठा बनी रही थी? देख ही तो रही थी; उसी के देखते-देखते न जाने कितने प्रतिष्ठित परिवारों के संस्कार नवीन युग की तीव्र धारा में असह्य तिनके-से ही बहे चले जा रहे थे। पुत्री का वही अस्वाभाविक व्यवहार भगवती को उस दिन मूक चेतावनी दे गया था। जैसे भी हो, सुपात्र देखकर, समय पर ही अपनी इस स्वतन्त्र विचारों की प्रगतिशीला पुत्री के कन्यादान से उसे मुक्ति पानी होगी। उसी दिन एक पत्र उसने लिखा था अपनी ननद रुक्की को—जैसे भी हो, उसे अपनी इस भतीजी के लिए सुपात्र खोजकर भेजना ही होगा। रुक्की ने पर्वतीय समाज के पूरे, अधूरे, विदेश-प्रवासी डॉक्टरों की एक लम्बी

लिस्ट ही नहीं भेजी, एक सुपात्र को विशेष रूप से रिकमेंड कर लिखा था, "साहस कर यदि इस पात्र को अपना सको, तो चंपा राजरानी बनकर राज करेगी। तीन वर्ष विदेश में बिताकर अभी लौटा है। एक से एक लड़कियों की कुंडलियाँ रामदत्त पांडे की छत पर आजकल ओले-सी बरसी चली जा रही हैं। पर बुड्ढ़ा है एक नम्बर का घाघ। एक ही बेटा है, इसी से चाहता है कि घी की ऐसी छलाछल छलकती ठेकी मिले, जिसमें जीवन-भर पाँचों अँगुलियाँ डूबी रहें। तुम चंपा की कुंडली भेज दो। अगर मिल गई तो मैं बुड्ढ़े से निबट लूँगी।"

और फिर, अचानक एक दिन बिना किसी पूर्व सूचना के रुक्की स्वयं ही पात्र को लेकर आँधी-सी उड़ती उपस्थित हो गई थी। भगवती आज भी उस संध्या को नहीं भूल सकी थी। धरणीधर के सस्पेंशन ने गृह को पहले ही श्रीहीन कर दिया था, फिर ठीक बारह बजे, उसी गृह में जो भयानक विस्फोट हुआ था, उसकी बारूदी धूमलेखा विलीन भी नहीं हो पाई थी कि हँसती रुक्की हाथ में सूटकेस लिये उसके सम्मुख खड़ी हो गई थी। साथ खड़े उस लम्बे गठीले बदन के कुन्दनवर्णी अपरिचित युवक को देखकर, भगवती हड़बड़ाकर उठ गई थी। अंग-रंग से घुल-मिल गए उसके मूँगा रेशमी कुर्ते का हिरण्यमय आभरण, प्रतिभा प्रदीप्त ललाट पर तिरछे घाव के निशान और ऊँचा कद। ऐसा ही कुछ परिचय तो उसे रुक्की ने अपने पत्र में दिया था। पलक झपकते ही वह समझ गई कि यही उसका भावी जामाता है।

"अरे तुम कैसे आ गई रुक्की! एक तार भी नहीं दिया!" उसने कुर्सी खींचकर कहा था।

"देख रहे हो मधुकर, कैसा स्वागत कर रही है तुम्हारी सास!"

एक पल को उस सुदर्शन युवक का चेहरा लाल पड़ गया।

कैसा विचित्र स्वभाव था प्रगल्भा रुक्की का। वह तो अच्छा था कि चंपा उस दिन उस कमरे में नहीं थी, कहीं सुन लेती तो अनर्थ हो जाता। उसका स्वभाव ही विचित्र था। ढंग से फुसला-समझाकर चाहे कैसी ही बात मनवा लो, किन्तु जहाँ उस पर अपना निश्चय थोपने की कोशिश की वहीं पर बिदकी घोड़ी-सी ही अड़ जाती थी लड़की। चंपा की निस्संग तंद्रिलता ही उसके चेहरे को एक अनोखी मौलिकता से रँग गई थी। न जाने क्या सोचती रहती थी हर पल! श्मशान की ऊष्मा लिए उसका सौन्दर्य देखने

वाले को सहमा जाता था। लगता था, किसी सुदूर अतीत की निर्धूम वह्नि ही उस चेहरे को रह-रहकर म्लान कर रही है। अपने आत्मसंयम, सहिष्णुता एवं प्रतिभा के कारण वह बचपन से ही धरणीधर की लाड़ली पुत्री थी।

उसी दिन जुही के जाने के बाद उनका रक्तचाप भयावह रूप से बढ़ गया था। पिता के सिरहाने बैठी चंपा ने अचानक बुआ का कंठस्वर सुना, किन्तु सो रहे पिता के उदास-क्लान्त चेहरे को देखकर उठ नहीं पाई थी। ओफ, जुही क्या जानती थी कि वह पिता का कितना बड़ा अनिष्ट कर गई है? वह तो भाग्य से चंपा उस दिन कॉलेज नहीं गई थी। चाय पीकर बड़ी सुबह ही जुही निकली, तो दोपहर को लौटी थी। वह भी अकेली नहीं, साथ में था तनवीर बेग। और फिर उस रहस्यमयी जोड़ी ने एकसाथ ही अपने निर्लज्ज प्रस्ताव के धमाके से घर-भर को सहमा दिया था।

राखी बँधवाकर, गृह का पुत्र बन भीतर घुस आया वह दुःसाहसी विजातीय घुसपैठ अब गृह का जामाता बनने का प्रस्ताव लाया था। धरणीधर क्रोध से बौखला गए थे। अपनी शिष्टता, पद की महत्ता, पुत्रियों की उपस्थिति भूल-भालकर ज़ोर-ज़ोर से चीखने लगे थे, 'गेट आउट यू बास्टर्ड, गेट आउट!''

''ठीक है, डैडी। वह इस घर से आज अकेला नहीं जाएगा, मैं भी जा रही हूँ। दिल्ली में मुझे नौकरी मिल गई है। रुको तनवीर, मैं कुछ कपड़े रख लूँ।'' और सचमुच ही वह दुःसाहसी निर्लज्ज लड़की अपने सूटकेस में ऐसी स्वाभाविकता से कपड़े रखकर चल दी थी जैसे पति के साथ दूसरी बार ससुराल जा रही हो। वह तो ईश्वर की असीम अनुकंपा थी कि उस दिन, न महाराज था, न नौकर। बहुत देर तक धरणीधर कुर्सी पर चुपचाप बैठे ही रह गए थे। लगता था, पुत्री का दिया गया आघात उनके हृदय को निस्पंदित छोड़ गया है।

पति का काला चेहरा देखकर, भगवती किसी अज्ञात आशंका से भर उठी थी। एक प्रकार से उसी दिन, उसने पति के पीछे खड़ी मृत्यु की अस्पष्ट झलक देख ली थी। भाई की विपत्ति का कुछ-कुछ आभास भगवती ने ननद को अपने पत्र में ही दे दिया था। किन्तु जुही की प्रणय-कथा को वह उस दिन सगी ननद से भी बड़े छल-बल से ही छिपा गई थी। मधुकर नहाने गया, तो उसने ननद का हाथ पकड़ लिया था, ''यह तुमने क्या कर दिया रुक्की, मैंने तो चंपा से अभी कुछ पूछा भी नहीं, तुम उसे जानती हो, कहीं इसे देखकर ही भड़क गई तब।''

''कुछ पुरुष ऐसे ही होते हैं बोज्यू, जिन्हें देखकर लड़कियाँ नहीं भड़कतीं, समझीं! तुमने देख ही लिया है। सच कहना कोई...''

वह अपना वाक्य पूरा भी नहीं कर पाई थी कि चंपा पर्दा खोलकर मुस्कराती खड़ी हो गई, ''आप कैसे आ गईं रुक्की बुआ? तार क्यों नहीं भेजा! मैं स्टेशन लेने आ जाती।''

''यही तो महामूर्खता कर बैठी चंपा, आज तो तेरा स्टेशन आना बहुत ही ज़रूरी था।''

''क्यों?'' हँसकर चंपा बुआ के पास बैठ गई थी। रुक्की उसके चेहरे को जैसे पहली बार देख रही थी। कहीं, क्यों न बैठ जाए यह लड़की, किसी विश्वसुन्दरी का अदृश्य ताज उड़कर हमेशा उसके मस्तक पर जगमगाता रहेगा।

''जुही कहाँ है बोज्यू?'' रुक्की के प्रश्न से माँ-बेटी का कलेजा हिम हो गया था।

''तुम तो उसे जानती हो, रुक्की, आज ही बाप से लड़-झगड़कर दिल्ली चली गई है, नौकरी करने।'' हँस-हँसकर भगवती ने बात सँभाल ली थी, 'कहती है, क्या होगा एम.ए. पास कर...''

''और हमारी चंपा,'' भतीजी का चिबुक स्पर्श कर, रुक्की ने हँसकर पूछा, ''तू तो नहीं करेगी नौकरी? बहुत बढ़िया नौकरी ढूँढ़कर लाए हैं हम तेरे लिए।''

उसकी धूमिल म्लान मुखाकृति से चिंता का तिमिर आवरण पल-भर को खिसक गया था। हँसकर उसने पूछा था, ''कैसी नौकरी, बुआ?''

''तब सुन लड़की,'' रुक्की के विदूषिका के-से आनन्दी स्वभाव की यही विशेषता थी कैसी ही विषम उलझी परिस्थिति क्यों न हो, वह पलक झपकाते ही ऊन की उलझी लच्छी की भाँति दो घुटनों में फँसा-सुलझाकर गोला बना देती थी।

''देख, मधुकर नहाने गया है, यहाँ और किसी काम से नहीं आया है। आया है तुझे देखने। हमारी बड़ी तीव्र इच्छा है, चंपा, तेरा विवाह इसी से हो। एक तो पहाड़ में अच्छे लड़के बड़े भाग्य से जुटते हैं। हमें तेरे लिए एक डॉक्टर ही की खोज थी, सो भगवान ने घर बैठे ही इसे भेज दिया। जैसा इसका कुल है, वैसी ही प्रतिभा। देख ही तो रही है, तेरे डैडी की तबीयत कैसी चल रही है, उस पर नौकरी की चिन्ता ने उनकी कैसी हालत कर दी है! इस प्रस्ताव को तुझे हमारे लिए मानना ही होगा।''

चंपा ने चौंककर आहत दृष्टि से भगवती को देखा था, जैसे कह रही हो, 'ममी, यह क्या कह रही हो तुम!' क्या बुआ को लिखने से पहले मुझसे पूछ नहीं सकती थीं!'

''जा चंपा,'' बुआ ने उसे एक प्रकार से ढकेल ही दिया था, ''जल्दी जाकर ढंग की साड़ी पहन ले। मधुकर आ ही रहा होगा।''

चंपा बैठी ही रही तो रुक्की स्वयं उसे बाहर खींच ले गई थी, ''तब ही तो मैं तुझे बचपन से छेड़ती थी, लड़की!

चंपा तुझमें तीन गुण,
रंग, रूप और बास।
अवगुण तुझमें एक है,
भ्रमर न आवे पास।

इस साड़ी में भौंरा तो दूर, कोई मक्खी भी नहीं भिन-भिनाएगी, तेरे पास।'' किन्तु जिद्दी चंपा उसी गुड़ी-मुड़ी साड़ी में आकर चाय की मेज़ के आगे ज़ोर से कुर्सी खींचकर बैठ गई थी।

एक बार भी उसने सामने बैठे अतिथि की ओर नहीं देखा, तब उस

प्रगल्भ अतिथि ने ही चुप्पी की चकराई हवा को पकड़ने का प्रयत्न किया था।

"आपका यह फाइनल ईयर है क्या?" चौंककर चंपा ने आँखें उठाईं और उसकी सरल दृष्टि उस वक्त भृकुटि से सहमकर टूट गई थी। अतिथि के उत्फुल सहस्र-दल पर शिशु की-सी निष्पाप हँसी थी, किन्तु आँखों में क्रोध की तड़ित्-कौंध देखकर चंपा भी सहम गई थी। "जी हाँ," कह उसने सिर झुका लिया था।

"अरे हमारी इस डाक्टरनी के मरीज़ों का तो राम ही रखवाला है, मधुकर!" रुक्की ने कमरे के गुमसुम वातावरण में अपनी हँसी की फुलझड़ी छोड़ने का व्यर्थ प्रयास भी किया था, "इससे तो यह गूँगी ही जन्मी होती तो चाँद-से चेहरे को देख लोगों को इस पर रहम तो आता। कहते, हाय कैसी चाँद-सी सूरत है, पर बेचारी गूँगी है। पर यहाँ तो डेढ़ फुटी ज़बान रहते भी गूँगी बनी रहती है यह लड़की।"

मन-ही-मन गुस्से से भुनभुना रही थी रुक्की। कितनी प्रशंसा की थी उसने मधुकर से उसकी अपूर्व रुचि की, उसकी प्रतिभा की, स्वभाव की, और यहाँ सड़क पर घूमनेवाली कंजरिनों की-सी रंग उड़ी फटी साड़ी पहने आकर बैठ गई थी। कम-से-कम बालों पर कंघी तो फेर ली होती! और फिर सहसा गज़ब ही कर दिया था छोकरी ने। मधुकर ने चाय भी नहीं पी थी कि कुर्सी खींचकर वह उठ गई थी, "मैं चलूँ बुआ, डैडी अकेले हैं।"

आँखों-ही-आँखों में ननद-भाभी ने एक-दूसरे को जता दिया कि छोकरी कन्धे पर हाथ नहीं धरने देगी। मधुकर चाय पीकर अपने किसी चाचा के यहाँ चला गया था।

"आज ही रात की गाड़ी से बम्बई चला जाऊँगा, भाभी," उसने रुक्की से कहा, तो भगवती का कलेजा डूब गया। वह तो चार-पाँच दिन रहने के लिए आया था। पर ठीक भी तो था, दोष क्या उस बेचारे लड़के का था? जान-बूझकर ही तो चंपा ने अपने पैरों में कुल्हाड़ी मार ली थी।

"दो-चार दिन रह जाओ न, बेटा।" रुक्की ने हँस-हँस चारा भी बिखेरा था, "तुम तो कह रहे थे लखनऊ वर्षों बाद आ रहे हो, खूब घूमोगे।" पर उससे रुकने का अनुरोध करने में रुक्की जैसे स्वयं ही सकपका-सी गई थी। अभद्र छोकरी उसे ऐसे अप्रस्तुत करेगी, जानती तो वह कभी भी मधुकर को

इतनी दूर नहीं लाती। रिश्ते में वह उसकी बहुत दूर के सम्बन्ध में भाभी थी, किन्तु रुक्की उससे सगे भानजे-सा ही स्नेह करती थी। वह चला गया तो एक लम्बी साँस खींचकर रुक्की धम्म से नीचे बैठ गई थी, "धन्य है तुम्हारी राजकुमारी, बोज्यू, क्या कहेगा, लड़का! बिना इसके माँ-बाप से कुछ कहे मैं इसे पटा-पुटूकर लाई थी। सोचा था इसने पसन्द कर लिया तो समझ लो, मैंने जग जीत लिया। रामदत्तजी को फिर तुम्हारे ननदोई पटा लेते, इन्हें बहुत मानते हैं। फिर उनका मकान भी हमारे ही बैंक में बंधक पड़ा है। कहाँ गई छोकरी, आज मैं भी गिन-गिनकर धरूँगी।"

किन्तु चंपा क्या वहाँ मिल सकती थी? वह तो स्वयं ही क्रोध से भुनभुनाती न जाने कब अपने होस्टल चल दी थी। पिता के जिस रक्तचाप को नापने वह हर पाँचवे घंटे अपने कमरे से भागती चली आती थी, उसकी चिन्ता भी उसे फिर नहीं रही। माँ और बुआ ने मिलकर उसके साथ विश्वासघात किया था और उसी का प्रतिशोध वह अब कस-कसकर ले रही थी।

जब वह इतवार को आई तो रुक्की पहाड़ जा चुकी थी।

भगवती ने उससे कुछ भी नहीं कहा, किन्तु माँ के अनकहे उपालम्भ ने भी जैसे उसे पानी-पानी कर दिया था। जुही ने तो माता-पिता को कठोर आघात दिया ही था, पर वह स्वयं भी तो कुछ-कुछ वैसा ही अपराध कर बैठी थी। उसके अभद्र आचरण ने माँ को गहरी चोट पहुँचाई है, यह समझने में उसे विलम्ब नहीं हुआ।

"मेरी परीक्षा थी ममी, इसी से मुझे जाना पड़ा और फिर सेप्टिक वार्ड में मेरी नाइट ड्यूटी लग गई थी।" उसने क्षमा माँगने के स्वर में कहा तो भगवती की आँखें छलछला उठी थीं।

"तूने ऐसा क्यों किया, चंपा? बुआ तुझे कितना चाहती हैं! वह क्या तेरा अनिष्ट चाह सकती हैं? ऐसे कार्तिकेय-से वर को तूने द्वार से लौटा दिया बेटी!" उसका वाष्पगद्‌गद स्वर फिर अचानक धरणीधर की क्रुध हाँक में डूब गया था। धरणीधर स्वभाव से ही क्रोधी थे, उस पर बीमारी ने, नौकरी पर लगे लाँछन के धब्बे ने, उन्हें बेहद चिड़चिड़ा बना दिया था। सामान्य-सा कोलाहल भी उन्हें विचलित कर देता और वे छाती पकड़कर

कराहने लगते। "ऐसा दर्द तो पहले कभी नहीं हुआ, चंपा। न हो तो एक बार किसी हार्ट स्पेशलिस्ट को बुला ला यहीं।"

चिन्तातुर चंपा ने विलम्ब नहीं किया था, किन्तु अधीरा-चपला मृत्यु उन्हें उसके आने से पूर्व ही खींच ले गई।

वह डॉक्टर लेकर आई तो भगवती पिता की निष्प्राण देह पर बेहोश पड़ी थी। पास ही में टाइप की हुई उनकी 'रिट' के पृष्ठ फड़फड़ा रहे थे। किन्तु अभियुक्त उन्हें वहीं छोड़ बहुत बड़ी अदालत में अपनी रिट फाइल करने जा चुका था। चंपा के मलिन-पांडु मुख पर एक क्षण को ही सूर्यास्त की रक्तिम आभा दिखी थी, जब वह माँ की असह्य दुःख-दर्द-भरी करुण चीत्कार सुन स्वयं भी टूट पड़ी थी, फिर उसने अपनी व्यथा को संयम से साध लिया था।

पिता की आकस्मिक मृत्यु चंपा को उनकी इच्छा-मृत्यु ही लगी थी। उनकी आँखों के सामने ही उनका स्वरचित संसार नष्ट हो गया था। उनके अन्तिम दिन कैसी यन्त्रणा, व्यर्थता एवं दीर्घ श्वास से भरे थे यह केवल चंपा ही जानती थी। जुही की लज्जा, कलंक एवं धृष्ट व्यवहार ने उन्हें जिस दिन आघात दिया था, मृत्यु तो उनकी उसी दिन हो गई थी। उनके उस एकान्त दुःख की ग्लानिमय विषण्ण मूर्ति रह-रहकर चंपा को सहमा देती। कभी आधी रात को वह देखती, धरणीधर चुपचाप आकर उसके सिरहाने बैठ गए हैं। विषण्ण, शीर्ण चेहरे पर जड़ी करुण आँखों की दबी वेदना उसे झकझोरकर जगा देती। न जाने मुँह खोलकर क्या कहने जा रहे हैं उससे, पर कह नहीं पाते। "क्या है डैडी, क्या चाहिए?" वह पूछते ही फिर स्वयं सकपकाकर आँखें बन्द कर लेती। क्यों, वह बार-बार उसके सपने में आकर उसे ऐसे झकझोर देते थे? कितनी कटुता, कितनी वेदना, कितना अपमान सहकर ही धरणीधर ने इस लोक से विदा ली थी, इसी से उनकी अशान्त, पीड़ित आत्मा रह-रहकर चंपा के चारों ओर मँडराती रही थी। भाई की मृत्यु का समाचार पाकर, रुक्की भी आ गई थी।

"क्या जुही को खबर नहीं दी गई?" उसने पूछा तो चंपा सकपका गई थी, फिर चतुरा भगवती ने ही एकदम बात सँभाल ली थी।

"वह तो अस्पताल में पड़ी है, पैर की हड्डी टूट गई है, रुक्की।" पिता का अशौच दूर भी नहीं हुआ था और माँ इतना बड़ा झूठ बोल गई थी। पति की मृत्यु के दूसरे ही दिन जुही का पत्र पढ़ भगवती ने जैसे दूसरी बार

वैधव्य का आघात सहा था। एक संक्षिप्त पत्र में जुही ने माता-पिता को अपने ब्याह की सूचना दी थी, दूसरे ही महीने वह तनवीर के साथ अफगानिस्तान जा रही थी। वहीं उसके श्वसुर पाकिस्तान के राजदूत थे। न पत्र में पता था, न नीचे उसका नाम। अब क्या वह जुही होगी? जहानआरा या अयशा बेगम, ऐसा ही कुछ नाम बदल दिया गया होगा अभागी का। और कितने ही आडम्बर से इसका नामकरण संस्कार सम्पन्न किया गया था। तब भगवती के श्वसुर जीवित थे। भगवती ने उसका नाम धरा था शुभ्रा, किन्तु उसके दादा ने आकर, राशि के नाम की महत्ता बताकर नाम धर दिया था जयन्ती "वृश्चिक राशि है बहू, यही नाम धरना। लड़की का नाम राशि से नहीं धरा गया, तो लड़की ही जन्म लेगी, समझीं?"

जयन्ती से फिर वह जुही बन गई थी। आज वह जुही उसके जीवन से, किसी तूफान की भाँति, उसे धक्का देकर चली गई थी। कैसी विचित्र विडम्बना थी! पत्र की तारीख देखकर भगवती एक पल को स्तब्ध रह गई थी। जिस दिन पिता की अर्थी उठी थी उसी दिन पुत्री ने विवाह किया था। धरणीधर ने कभी पत्नी को, अपनी क्रमशः शोचनीय बनी जा रही आर्थिक विपन्नता का सामान्य-सा आभास भी नहीं होने दिया था। इसी से जब पति की तेरहवीं के बाद भगवती को अपनी आर्थिक अवस्था की वास्तविक स्थिति ज्ञात हुई, तो वह ज्ञानशून्य-सी बन गई थी। न पति के फंड में रुपया था न बैंक में। लगता था बिना आगा-पीछा सोचे, विवेकहीन धरणीधर ने खुले हाथों से अपना पूरा संचित धन ही इस कोठी के पीछे उड़ा दिया था। उस पर पति पर चल रही विजिलेंस की गुप्त मन्त्रणा के छिटपुट समाचार, सुना-सुनाकर हृदयहीन इष्ट-मित्र उसे और सहमा रहे थे। जीवन-भर अपने पद की महिमा में ही लिप्त धरणीधर ने अपनी बिरादरी, अपने समाज एवं मध्यवर्गीय नाते-रिश्तेदारों को गज-भर की दूरी पर ही रखा था, आज वे ही अपना प्रतिशोध ले रहे थे। दोष उनका नहीं था। भगवती को अतीत की एक अति क्षीण स्मृति क्षमाशील बना रही थी। श्वसुर की मृत्यु का समाचार पाकर वह पति के साथ पहाड़ पहुँची तो पिता की मृत देह अपने एकमात्र पुत्र की प्रतीक्षा कर रही थी। एक ही महीने पूर्व धरणीधर अपनी लम्बी विदेश-यात्रा से लौटे थे और पिता के कई पत्र पाकर भी उनसे मिलने नहीं जा पाए थे। क्रोधी पिता का तीर-सा पत्र आया तो हँसकर भगवती की ओर फेंक उन्होंने कहा था, "एकदम ही सठिया गए हैं, बाबू। समझते हैं मेरी

नौकरी भी उन्हीं की-सी अर्जीनवीसी है। कैसे जा सकता हूँ अभी?''

''—दूध पिलाकर मैंने आस्तीन में साँप पाला था, यह अब समझ में आया। कितनी बार तुझे लिख चुका हूँ कि एक बार घर आकर मेरी दुर्दशा देख जा। सामने की दीवार ने टूटकर सड़क घेर ली है। रोज म्यूनिसिपैलिटी के नोटिस आ रहे हैं। कुँआरी बहन के प्रति, रुग्णा माँ के प्रति और इस बूढ़े बाप के प्रति, क्या तेरा कोई कर्त्तव्य नहीं है? कुलांगार, जितना कष्ट, जितनी ज्वाला तूने मुझे दी है, उसका द्विगुण तू पाएगा, यही संसार का नियम है।''

भगवती वृद्ध श्वसुर के उस अभिशाप से उसी क्षण सहम गई थी, किन्तु पति को पिता का वह पत्र और भी निमर्म बना गया था, और भी रूढ़।

पाँचवें ही दिन उनकी मृत्यु का तार आया। कोट-पैंट उतार, छोटी, घुटनों तक की धोती पहन, केश मुंडा 'छोपा' बाँधने का कठोर आदेश मिलते ही ओछा धरणीधर फिर अड़ियल घोड़े-सा बिदक गया था।

टेढ़ी माँग निकाल, घुँघराली जुल्फों को वह नई सज्जा में सँवारना सीख तब ही नया-नया विदेशी रंगरूट बनकर लौटा था।

''धोती पहन लेते हैं, पर बाल-वाल कटवाने में हम विश्वास नहीं रखते।'' उसने कुछ अकड़कर ही कहा था। भगवती ने सुना तो उसके हाथ-पैर ठंडे पड़ गए थे, किन्तु पति के ज़िद्दी स्वभाव को वह जानती थी।

''तब ठीक है बेटा,'' आत्मीय स्वजनों की भीड़ में से एक बुजुर्ग ने अपनी अनुभवी जिह्वा के तीखे प्रहार से धरणीधर को तिलमिलाकर रख दिया था, ''तुमने बाल नहीं कटाए तो हमारी बिरादरी का एक भी कन्धा तुम्हारे पिता की अर्थी का स्पर्श नहीं करेगा। किसी डोम-चांडाल को बुलाकर घाट पहुँचा आना। बड़ी शान्ति मिलेगी बूढ़े बाप को।''

समाज की शक्ति कितनी विकट होती है और व्यंग्य कितना घातक! इसका पहला अनुभव भगवती को तब ही हुआ था। फिर तो सब कुछ ही सिर झुकाए करता चला गया था धरणीधर। कुश की शय्या पर उसने दस दिन उसी कोने में, उस कड़कती ठंड में केवल छोटी धोती के परिधान में ही काट दिए थे। अन्न निषिद्ध था, इसी से फलाहार ने रूढ़ चेहरे का सारा रोब छीलकर रख दिया था। उस निर्मल प्रत्यूष के बीच वह घोर पश्चात्ताप में डूबा, बार-बार पिता से क्षमा माँग रहा है, यह भगवती समझ गई थी।

किन्तु श्वसुर का क्रोध, अभियोग, उनका अन्तिम अभिशाप धरणीधर अन्तिम क्षण तक नहीं भूल पाया था। "याद है भगवती, बाबू ने कैसा शाप दिया था? आज मेरी सन्तान ने, मुझसे उन्हीं का प्रतिशोध लिया है।" धरणीधर के करुण हँसी की छुरी भगवती के कलेजे में मूठ तक घुस गई थी।

"कैसी बातें करते हो जी, कोई पिता क्या अपने पुत्र को कभी शाप दे सकता है?" उसने पति को सान्त्वना देने की व्यर्थ चेष्टा भी की थी, किन्तु उसे, उसी क्षण लगा था, जैसे गृह के किसी कोने में छिपी मृत्यु उसका उपहास उड़ाती कह रही है, "अरी, अभी क्या प्रतिशोध पूरा हुआ है?"

पति की मृत्यु ने भगवती को कुछ ही दिनों में बूढ़ी बना दिया था। जीवन का एक महत्त्वपूर्ण अध्याय, अकस्मात् उसकी आँखों के सामने ही समाप्त हो गया था। जीवन का एक क्षण भी जिसके बिना सार्थक नहीं था, सुबह से शाम तक जिसके साथ सुख-दुःख बाँटती-बाँटती, वह स्वयं अपना अस्तित्व एक प्रकार से भूल जाती थी, वही आज उसे हृदयविहीन निर्ममता से बिना कुछ कहे ही जीवन के शून्याकाश में एकाकिनी तारिका-सी ही टिमटिमाती छोड़ गया था। दाम्पत्य कलह की अति क्षीण स्मृतियों को मृत्यु ने कितना तीक्ष्ण बना दिया था, कितना प्रखर! प्रायः ही वह पति से कहती, "अभी तो मैं हूँ, जब नहीं रहूँगी, तब मेरी कद्र समझोगे।"

"हाँ, जी हाँ, बहुत देखे हैं, हमने, ऐसे नहीं रहनेवाले! देख लेना पहले कौन जाता है।"

"ठीक है, ठीक है, देख लेना। ऐसा जाऊँगी चटपट कि याद करोगे।"

शेष पर्यन्त वही देखती रह गई थी, जानेवाला ही चटपट चला गया था।

धीरे-धीरे एक महीना बीत गया और इस बीच, पति की मृत्यु को भगवती ने एक अनिवार्य अभिज्ञता मानकर स्वीकार कर लिया था। उसके मायके में एक भाई बचा था। उसकी भी नौकरी साधारण थी। उस हवेली में रहना, अब भगवती के लिए असम्भव था। भाई को अपने पति के सब काग़ज़-पत्र दिखाकर, उसने अपना अन्तिम निर्णय ले लिया था। पति का कर्ज़ा चुकाना अब उसी का कर्त्तव्य था और उस कर्त्तव्य की पूर्ति वह बिना कोठी विक्रय किए नहीं कर सकती थी। चंपा की फाइनल परीक्षा में अभी दो महीने बाकी थे। भाई की सहायता से उसने फिर हृदय पर पत्थर धर कोठी, मोटर

बेच-बाचकर सब कर्ज़ा चुका दिया। उस विगत वैभव की अब स्मृति ही शेष रह गई थी।

कोठी बेचने से पूर्व उसने श्वसुर-पक्ष के किसी भी आत्मीय से राय नहीं ली थी। यहाँ तक कि रुक्की को भी उसने अन्त तक कुछ नहीं बताया था। इसी से वह भगवती के भाई के साथ पहाड़ जाने के निश्चय से अवगत होते ही, अपना बोरिया-बिस्तरा लपेट जाने को तैयार हो गई थी।

''ठीक ही तो है बोज्यू, अब हम भी रुककर क्या करेंगी? तुम्हारे भाई तो हैं ही, हमसे अच्छी ही देखभाल करेंगे।'' रुष्टा ननद के प्रच्छन्न व्यंग्य को चुपचाप ही झेल गई थी भगवती। कभी यही ननद उसे प्राणों से प्रिय थी। जब वह नई-नई ब्याहकर ससुराल आई, तो इसी समवयसा ननद ने उसे गुइयाँ बनाकर ही अपनी बाँहों में भर न जाने कितनी बार सास के व्यंग्य-बाणों से बचाया था। दोनों एक साथ उठतीं-बैठतीं, एक-सी साड़ियाँ पहनतीं, छत के एक निभृत कोने में बैठ घर-भर की बुराइयाँ करतीं। अपनी सगी माँ-बहनों की निष्पक्ष आलोचना करनेवाली वह निर्भीक किशोरी उसे सगी बहन से भी अधिक प्यारी लगने लगी थी। जब उसका विवाह हुआ तो उसकी विदा में वह जितना रोई, उतना शायद स्वयं अपने विवाह में भी नहीं रोई थी। फिर धीरे-धीरे दोनों के प्रेम को उन्हीं की सन्तान ने अविश्वास की आरी से चीरकर रख दिया। चंपा तो स्वभाव से ही शान्त थी, किन्तु जुही को मुखरा बुआ का बार-बार मायके आकर महीनों तक न जाना बेहद खलता था। रुक्की जन्म से ही पहाड़ के सरल वातावरण में पली थी, इसी से जुही की अत्याधुनिक वेशभूषा, उसके कटे केश, कभी-कभी उसे स्वयं अपने अभावग्रस्त कैशौर्य का स्मरण दिला देते और वह भुनभुनाने लगती। ''यह भी कैसा जोगनियों का-सा भेस धरे घूमती है, तू जुही—जोगिया लुंगी, रुद्राक्ष की माला और श्मशानिया उदासी, बांबी-सी मेखला! अरी किसी ओढ़नी से सामने तो ढाँक-ढूँककर चला कर।''

बस, फिर एकान्त में जुही माँ पर बरस पड़ती, ''यहाँ आती क्यों हैं ये रुक्की बुआ? जाएँगी, तो डैडी का पुराना सूट भी अपने मियाँ के लिए छोटा करा-कराके ले जाएँगी और नाम भी धरेंगी हमी को। इनसे कह दो, अपनी लड़कियों को ही सँभालें, हमारी चिन्ता न करें।''

प्रत्येक स्त्री की दुर्बलता का केन्द्र उसकी सन्तान ही होती है, चाहे अपनी सन्तान में कैसे ही अवगुण क्यों न भरे हों। कोई भी जननी, चाहे वह

पढ़ी-लिखी हो या अनपढ़, कभी भी अपनी सन्तान की बातों का अविश्वास नहीं कर सकती। ऐसा ही भगवती के साथ भी हुआ। पुत्री ने ही, माँ के हृदय में वर्षों से जमी बुआ के स्नेह की गहरी जड़ को एक ही झटके में उखाड़कर दूर फेंक दिया था। अब जब कभी दोनों ननद-भाभी मिलतीं, औपचारिक शिष्टाचार निभातीं, हँसती-बोलतीं, इधर-उधर की बातें भी करतीं, पर फिर भी न कहने वाली बातों को बड़े यत्न से छिपा, अंटी में खोंसना कभी नहीं भूलतीं। भाई से ही गुप्त मन्त्रणा कर भगवती ने एक दिन उसी के साथ लखनऊ छोड़ दिया। चंपा बोर्डिंग चली गई थी। "परीक्षा समाप्त होते ही वह कहीं-न-कहीं नौकरी ढूँढ़ लेगी, फिर मैं उसी के साथ चली जाऊँगी, रुक्की।" भगवती ने कहा, तो रुक्की ने व्यंग्य से ओंठ टेढ़े कर, बिना कुछ कहे जैसे सब कुछ कह दिया था।

भगवती पहाड़ आई, तो अपनी राजसी हवेली के बाद, उसे अपने मायके का वह चिरपरिचित जीण-शीर्ण मकान, वर्षों से बिछुड़े किसी दरिद्र आत्मीय-सा ही लगा था। जिस पथरीले प्रांगण में, उसने एक पैर उठा 'डुनखुट्टी' खेल-खेलकर उसका पूरा क्षेत्रफल नापा था, जिस ऊँची दीवार पर बैठ न जाने कितनी बारातें देखी थीं और न जाने कितनी अर्थियाँ; जिस प्रांगण की पथरीली पट्टियों पर उसने बागेश्वर की लम्बी-चिकनी खड़िया से धारियाँ खींच-खींचकर 'किर-कैंची' खेली थी, वह अब भी वैसा ही था, किन्तु अब आसपास उग आई घास ने दारारों से झाँक-झाँककर, उसकी परिधि को संकुचित कर दिया था। जिसकी शिशु की-सी त्वचा को वह अन्तिम बार सहलाकर गई थी, मायके का वही मकान अब एक बीमार, महीनों से दाढ़ी न बने बूढ़े की भाँति, असहाय वात्सल्य-विगलित दृष्टि से उसे देख रहा था। काग़ज़ी फूल के जिस पेड़ के नीचे बैठकर, उसने विवाह के दिन हाथभरी कामदार चूड़ियाँ पहनी थीं उसका वाम भाग न जाने कब, बिजली गिरने से दग्ध हो गया था। किन्तु फिर भी, भगवती के मायके के अभिशप्त अस्तित्व की ही भाँति, उसकी दग्ध शाखा-प्रशाखाओं से नई-नई हरी फुगनियाँ निकल रही थीं। बहुत पहले जब घर में चूना लग रहा था, तब एक दिन राज-मिस्त्रियों से विनती-चिरौरी कर, किशोरी भगवती उनकी सीढ़ी पर चढ़, छत की एक चौड़ी बल्ली पर, अपनी प्रिय कविता की दो पंक्तियाँ लिख आई थी—'दिवस का अवसान समीप था, गगन था कुछ लोहित हो चला।'

इतने वर्षों में भी उन पंक्तियों की काली पहाड़ी स्याही नहीं सूखी थी।

दोनों पंक्तियाँ, आज भी ज्यों की त्यों धरी थीं। ओने-कोने से भगवती के कैशोर्य, शैशव के शत-शत स्मृति-चिह्न उसे सान्त्वना देने शोक-सन्तप्त आत्मीयों की ही भाँति घेरकर खड़े हो गए थे।

रुक्की उससे रुष्ट होकर ही गई थी, किन्तु जब उसके पहाड़ आने का समाचार मिला, तो वह भागती हुई आ गई। ननद और भाभी के स्वभाव में यही अन्तर था। एक बार की जली भाभी जहाँ छाछ को भी फूँक-फूँककर पीना नहीं भूलती थी, वहीं पर ननद जले दूध के छालों की स्मृति को भूल-भाल किसी अबोध शिशु के ही अधैर्य से फिर उबलते दूध के पात्र में अधर डुबो देती।

गृह की अव्यवस्था देख, पहले रुक्की ठिठककर खड़ी ही रह गई थी। भाई के राज में उसने अपनी जिस भाभी का राजसी वैभव देखा था, वही उस दिन एक धूल-भरे कमरे में एक बसाते तिब्बती गलीचे पर कटे वृक्ष-सी पड़ी थी। कमरे में न जाने कब से झाड़ू नहीं लगी थी। स्कूल जाने से पहले घर के आधे दर्जन बच्चे अपनी कापियाँ फाड़-फूड़ काग़ज़ की असंख्य नावें फर्श पर तैरने छोड़ गए थे। एक ओर उधड़े पहाड़ी ऊन की वीभत्स भीमकाय मर्दाने स्वेटर का गला बुनने को ऊपर उठी चार तीखी सुइयाँ ऐसे फूहड़ ढंग से ज़मीन पर पड़ी थीं कि अँधेरे में कोई उन पर बैठकर शरशय्या पर बैठने का अलभ्य आनन्द उठा सकता था। एक बड़ी-सी थाली में शायद घर-भर के बच्चे एक साथ जीमकर अभी-अभी गए थे। एक मरियल खाज से गली कुतिया उसी दाल-भात के अवशिष्ट को चाट-चाटकर चटखारे ले रही थी। भीतर के किसी रहस्यमय कमरे से आ रहे दुर्गन्ध के भभाके ने सहसा रुक्की को जोर से धक्का देकर चैतन्य कर दिया था।

''बोज्यू'' उसने रुँधे कंठ से पुकारा और भगवती हड़बड़ाकर उठ गई थी। उसके ऐसे अप्रत्याशित आगमन के लिए भगवती प्रस्तुत नहीं थी। अपनी उग्र-तेज उस ननद को क्या वह फटे गलीचे पर बैठने के लिए स्वयं कह सकती थी?

''छिः-छिः बोज्यू, तुम्हारी भाभी क्या कमरों में कभी झाड़ू नहीं लगवातीं?'' उसने धीमे स्वर में पूछा था, किन्तु दुर्भाग्य से भगवती की भाभी द्वार की ओट से सब सुन गई थी। रुक्की पर फिर जवाबी हमला करने में उसने विलम्ब नहीं किया था। खूब भिगो-भिगोकर ही जूतियाँ लगती रही थी,

"कौन-सी ऐसी दौलत छोड़ गए हैं तुम्हारे भैया, जो हम तुम्हारी भाभी को मखमली गद्दों में लिटाएँ, रुक्की लली! हमारी हालत तो तुमसे छिपी नहीं है। कुल तीन सौ रुपल्ली तो पाते हैं उनके भाई, अब तुम्हीं बताओ भला, नंगा क्या ओढ़े क्या बिछाए?"

रुक्की उस दिन भगवती के लिए एक और महत्त्वपूर्ण समाचार लेकर आई थी। भाभी के जाते ही उसने फुसफुसाकर उसे फिर उसी सुबह मिले मधुकर के पत्र के विषय में बता दिया था। चंपा के अशिष्ट, अभद्र आचरण के बावजूद मधुकर को चंपा पसन्द थी। अब उसकी पसन्द पर उसके माता-पिता को कोई आपत्ति नहीं हो सकती। एक तो उसकी उम्र बढ़ती जा रही थी, फिर आज तक उसने किसी भी लड़की को पसन्द नहीं किया था।

"यह तो तुम्हारा भाग्य अच्छा है बोज्यू, जो स्वयं माँगकर तुम्हारी लड़की ले जाने को, समधियाने वाले घुटने टेक रहे हैं! पहाड़ में क्या कभी ऐसा होता है! देख ही तो रही हो, हमारे पहाड़ के लड़कों को भी अब कैसे 'पर' लग रहे हैं! जो विदेश गए तो वहीं के हो लिए। जो यहाँ अच्छी-अच्छी नौकरियों पर हैं, उन्हें जैसी उर्वशियों की चाह रहती है वैसे ढूँढ़ने में सिर के आधे बाल पक जाते है, ससुरों के। तुम आज ही चंपा को चिट्ठी लिखकर समझा दो, जैसे भी हो, उस दम्भी लड़की को हमें मनाना ही है। वह तुम्हारे भाई के इस घर में क्या एक दिन भी रह सकती है?" पति की मृत्यु के पश्चात् भगवती का स्वास्थ्य एकदम ही टूट गया था। दैहिक परिश्रम का उसे अभ्यास नहीं था। इधर आलसी भाभी की फूहड़ गृहस्थी सँभालने वह कटिबद्ध होकर जुट गई थी। सुबह उठते ही कमरे झाड़ती, फिर भाभी के शिशुपुत्र को चुप कराती। उस रिकेटी सींक-से छोकरे के फेफड़ों में विधाता ने चीख-चीखकर रोने की अदम्य शक्ति भरकर पृथ्वी पर भेजा था। उसे सुलाकर वह ढेर-ढेर कपड़े धोने बैठ जाती। भाभी सरला को भगवती के वैधव्य ने सस्ते जासूसी उपन्यासों की दुनिया में डूब-डूबकर गोते लगाने की पूर्ण स्वतन्त्रता दे दी थी। 'खूनी पंजा', 'सिर कटी लाश', 'रहस्यमयी चीनी सुन्दरी' आदि रंग-बिरंगे कलेवरों की आधी दर्जन पुस्तकों के साथ वह अपनी बरसाती रजाई में घुसकर अदृश्य हो जाती। बच्चे लाख चीखें, रोएँ-चिल्लाएँ, उस सहिष्णु जननी के कान में कभी जूँ भी नहीं रेंगती।

अत्यन्त सहिष्णु स्वभाव की होने पर भी कभी-कभी भगवती भाभी की हृदयहीन उदासीनता देखकर झुँझला उठती। किन्तु दूसरे ही क्षण उसे अपने

दुर्भाग्य की विवशता पुनः पत्थर बना देती। पति के अन्तिम दिनों में उनकी ओर से एकदम ही उदासीन बन गई भगवती को शायद विधाता अब नित्य नवीन दंड देकर, पश्चात्ताप में घुला रहा था। धरणीधर के सस्पेंशन के पश्चात् भगवती के दाम्पत्य जीवन में एक गहरी दरार आ गई थी। उसके प्रौढ़ जीवन की धूसर गोधूलि को पति के अपराध ने और भी म्लान बना दिया था। धरणीधर अपने बचाव के लिए आधी रात तक उसे न जाने कितनी दलीलों से प्रभावित करने की चेष्टा करता, किन्तु वह काठ बनी चुपचाप पड़ी रहती। पति को निर्दोष होने पर भी कोई खींचकर कटघरे में खड़ा कर सकता है, ऐसी बचकानी दलील को वह मानने के लिए तैयार नहीं थी। निश्चय ही दोष उसके पति का रहा होगा। लम्बे अनवरत दौरों से लौटने पर घर-भर के लिए उपहार, आए दिन की दावतें, पचास रुपए की सरकारी चौथ जमाकर सरकारी मोटर के पाँच-पाँच सौ मील व्यर्थ भगाकर उसका सरासर दुरुपयोग भगवती कभी भी क्षमा नहीं कर सकी थी। कई बार उसने अपने विलासप्रिय पति को समझाया भी था, किन्तु वह एक कान से सुन, दूसरे कान से निकाल देता। सरकारी चपरासियों से भगवती हमेशा गज-भर की दूरी ही बरतती थी। किन्तु धरणीधर का बिना आधे दर्जन अर्दलियों के काम नहीं चलता था, एक साहब की मोटर पोंछ रहा है, दूसरा कपड़े निकाल रहा है, तीसरा जूतों की धूल झाड़ रहा है, किन्तु जब विजिलेंस ने दुष्ट ग्रह बनकर धरणीधर की जन्मकुंडली को लपेटा, तो उसके वे ही नम्र-शिष्ट अनुचर उसके विरुद्ध गवाही देने विरोधी पक्ष के खूँख्वार गवाह बनकर तन गए थे। साहब, उनसे घर का काम करवाता है, मेम साहब बाज़ार-हाट दौड़ाती हैं, यही नहीं, लॉग बुक लेकर स्वयं उसका सरकारी ड्राइवर ही चित्रगुप्त बन उसे रौरव में भेजने का कठोर आदेश देने लगा था।

अपने दुर्भाग्य के उन कठिन क्षणों में, क्लान्त धरणीधर जब पत्नी की बाँहों में क्षणिक शान्ति की कामना से प्रेरित होकर, उसे क्षीण आहत कंठ से पुकारता तो वह जान-बूझकर ही आँखें बन्द कर सोने का उपक्रम करती। कभी-कभी, वह बड़े दुःसाहस से, उसे हाथ पकड़कर खींचता, तो वह भुनभुनाकर उसे डपटने लगती, "शर्म नहीं आती! इस उम्र में भी शौक नहीं गया। उस पर मन की जैसी अवस्था है, उसमें यह सब तुम्हें सूझता कैसे है, जी? पढ़ा नहीं, आज के अखबार में तुम्हें लेकर दो मुख्यमन्त्री कैसे सौतों

की तरह लड़ते तुम्हें एकदम नंगा कर गए हैं?"

फिर उसका गला रुँध जाता। सहमकर धरणीधर एक लम्बी साँस खींचकर करवट बदल लेता, तो भगवती के जी में आता, वह पति के पार्श्व में लेटकर अपनी दोनों बाँहें उसके गले में डाल दे। पुरुष अवसाद के कठिन क्षणों में भी स्त्री-संग की कामना से व्याकुल हो सकता है, यह वह जानती थी। अबोध बालक की क्षुधा की ही भाँति, पुरुष की क्षुधा समय-असमय की परिधि को कभी-कभी छलाँग लगाकर लाँघ जाती है, यह भी उसके सुदीर्घ वैवाहिक जीवन का एक अनुभूत तथ्य था, फिर भी नियति उसे कठोर बना जाती।

"जब मैं नहीं रहूँगा भगवती, तुम मेरी इसी पुकार के लिए कभी तरसोगी।" पति का वह कंठ स्वर आज रह-रहकर उसके कानों में गूँजने लगता। उसे लगता, किसी शून्य अन्तरिक्ष से पति की आहत आँखें उसकी दुरवस्था देखकर छलछला रही हैं। बड़ी देर तक वह खिड़की के पास खड़ी रहती।

वन्य प्रिमरोज़ की एक लम्बी-सी लता, स्वयं ही किसी ढीठ बालिका की भाँति जँगले को घेरकर ऊपर चढ़ आई थी। उसकी मदिर सुगन्ध को नथुनों में भींचकर वह आँखें बन्द कर लेती। कैशोर्य की वह परिचित सुगन्ध उसे एक बार फिर उसी खिड़की पर खड़ा कर देती। यहीं बैठकर वह शास्त्री जी से संस्कृत पढ़ती थी। वाल्मीकि रामायण की चार पंक्तियों में से तीसरी पंक्ति का अर्थ बिना बताए ही, शास्त्री एक बार पिस्सू-से फटककर चौथी का अर्थ बताने लगे तो अबोध भगवती ने उन्हें टोक दिया था, 'पंडितजी, इसका अर्थ तो बताया ही नहीं, आपने!'

'बड़ी धूर्त हो रही है तू छोकरी, जो बता रहा हूँ चुपचाप पढ़!'

आज उन्हीं चार पंक्तियों को भगवती ने अचानक उसी प्रिमरोज की बिखरी सुगन्ध के साथ फिर सूँघ लिया था—

जाता वनान्ताः शिखिसुप्रनृत्ता जाताः कदम्बाः सकदम्बशाखाः।
जाता वृषा गोषु समानकामा जाता मही शस्यवनाभिरामा॥

वन प्रदेश मोरों के विचित्र नृत्यों से शोभित हुए हैं। कदम्ब के वृक्ष शाखाओं से भर गए हैं। साँड़ गायों के प्रति काम-वासना से आसक्त हैं और धरती खेतों तथा वनों से हरी-भरी रमणीय दिखाई देती है।

साँड़ों की गायों के प्रति आसक्ति की व्याख्या करने का मूर्खतापूर्ण दुराग्रह

ही उस दिन भगवती को इसी खिड़की पर शास्त्रीजी से झापड़ भी खिला गया था। आज उसी खिड़की की तीन बल्लियाँ किसी वृद्ध की भग्न दन्तपंक्ति की भाँति नीचे लटक गई थीं। सड़क के लैंप-पोस्ट पर लगे तेज़ बल्ब का प्रकाश पूरे बरामदे को आलोड़ित कर जाता था। वहीं बैठकर भगवती कभी देर तक पढ़ती रहती। कमरे में बत्ती जलाकर देर तक पढ़ने का साहस वह कभी नहीं सँजो पाती। सरला कई बार उसे बिजली के बढ़े बिल के बारे में सुना चुकी थी।

"पता नहीं, कैसे इतना बिल आया है इस बार! पहले कभी तो इतना नहीं आया था।"

"मैं तो आठ बजे ही बुझा देती हूँ" भगवती ने अपनी सफाई भी दी थी, पर सरला बड़बड़ाती ही रही थी—"मैं तो भई रात को पढ़ती ही नहीं हूँ। कहीं आँखें खराब हो गईं, तो कोई चश्मा देनेवाला भी नहीं है।"

उसी रात को आँसू पोंछ-पोंछकर भगवती ने पुत्री को पत्र लिखा था—

"—जब तू उस प्रस्ताव को सुनकर बिना सोचे-समझे ही भड़क उठी थी, तब तेरे डैडी थे। अब उनका साया तुझसे उठ गया है। फिर अभागी जुही का कलंक यदि एक बार प्रकट हो गया तो उसका जुर्म हमारे पूरे परिवार का जुर्म बन सकता है। हमारे रूढ़िग्रस्त पर्वतीय समाज की मनोवृत्ति से तू परिचित नहीं है? इसी से हाथ जोड़कर कहती हूँ चंपा, हमारी जैसी परिस्थिति है, अपना निश्चय लेने से पहले उसे मत भूलना बेटी—"

पत्र का उत्तर बहुत दिनों तक नहीं आया, फिर अपनी फाइनल परीक्षा देकर, स्वयं चंपा ही आ गई थी। माँ का सूखा चेहरा देखकर शायद उसने उसी क्षण अपना निश्चय ले लिया था। रात को माँ के पास सोई, तो दुर्बल हाथों से भगवती ने उसके बालों पर हाथ फेरकर पूछा था, "तूने क्या निश्चय लिया बेटी?"

पाँच मिनट तक वह मौन रही थी। लगता था, आसपास लेटी रहने पर भी माँ-बेटी सहसा पानी में तैर रही निष्प्राण लाश-सी हो बहुत दूर चली गई हैं। फिर डूबे स्वर में उसने कहा था, "ठीक है ममी, तुम 'हाँ' लिख दो—"

किन्तु कैसी विचित्र स्वीकृति थी यह! लगता था, नियति ने उस दुर्बल लड़की की छाती पर बन्दूक तानकर, उसके सब आयुध गिरा दिए हैं। वसन्त

पंचमी के दिन तीन-चार बड़े-बड़े थालों में मेवा-मिष्ठान, साड़ी-अँगूठी लेकर चंपा के चचेरे-ममेरे देवर आकर टीका भी कर गए थे। पूरी व्यवस्था रुक्की ने ही की थी। भगवती की भाभी पर उसने किसी प्रकार का आर्थिक भार नहीं पड़ने दिया था। साड़ी खोल, बुआ ने शरारती चंपा को लपेट नन्हा-सा घूँघट भी निकाल दिया। वयःसन्धि की ऊँची-नीची देहरी पर खड़ा उसका किशोर देवर भावी भाभी के लावण्य को देखकर स्वयं लड़कियों की भाँति लाल पड़ा जा रहा था। रुक्की ने धमकाकर उसे चैतन्य कर दिया था, "क्यों जी रामी लला, सुन्दरी भाभी को देखकर, चट उठा मुँह में धरने का मन कर रहा है, क्या? चटपट टीका करो। रोली सूखी जा रही है।"

मुहल्ले-भर की किशोरियों की कौमार्योज्ज्वल हँसी ने बेचारे के हाथ और भी कँपा दिए थे। गीली-रोली का शिखर-सा तिलक खींच, वह अक्षत चिपकाने बढ़ा, तो रोली चंपा की नाक पर भी झर आई थी।

"अरी नाक पर रोली गिरी है! बड़ा अच्छा सगुन हुआ, तेरा दूल्हा तुझे खूब प्यार करेगा, चंपुली।" रुक्की ने हँसकर फिर सबको गुदगुदा दिया था।

चंपा के पल्लवारुण कपोल एक क्षण को लाल पड़ गए थे। फिर मामा के उसी पूजा के छोटे कमरे में चौकी पर बिठा, धूप-धूम्र की पावनता के फोकस के बीच उसी संकोची देवर ने चंपा की एक तस्वीर भी खींच डाली थी।

दूसरे ही दिन, चंपा की भावी सास भी आकर उसे एक अँगूठी पहना गई थी। एकदम ऐंग्लो इंडियन मेम-सी गोरी, चपटी पाटों के बीच सिन्दूर की गाढ़ रेखा बिखेरती, उसकी भावी सास का सरल चेहरा, उसे पहली ही झलक में अच्छा लगा था।

"मेरा एक ही बेटा है, चेली (बेटी)।" बात-बात में ही वृद्धा का कंठ वाष्प गद्‌गद हो उठता था। "यह भी सौ पत्थर पूज, जागेश्वर के मन्दिर में दिन-रात एक पैर पर दीया लिये खड़े रहकर ही गर्भ में आया। 'देवदत्त बालक है बामणी, बड़ी चेष्टा से पालन-पोषण करना!' रावल पुजारी ने कहा था सो मैंने इसे हथेली में धरकर पाला है। जब तक अपना दूध पिलाया, सौ-सौ 'बारे' (परहेज) किए, न पालक जीभ में धरा न आलू, न दाल न भात, बस रोटी और छौंकी अदरक। गाय के घी की मालिश की है उसे। इसी से देखती तो हो कि एकदम कार्तिकेय का-सा रूप है छोकरे का। बड़ी इच्छा थी कि बेटे जैसी ही बहू को डोली से उतारूँ, सो भगवान ने आज

मेरी छाती ठंडी कर दी।''

''क्यों, कहा था ना मैंने काखी, हमारी भतीजी एकदम असली दानेदार मोती है।'' रुक्की ने झूठ नहीं बोला था।

मुक्ताफलेषु छायायास्तरलत्वमिवान्तरा,
प्रतिभाषु यद्ङ्गेषु लावण्यं तदिहोच्यते।

मोतियों में छाया की आन्तरिक तरलता के समान जो वस्तु अंगों में चमकती है, वही तो लावण्य है। वही लावण्य चंपा को उसकी आकस्मिक सगाई के साथ ही एक अयत्नज मोहकता में मंडित कर गया था। जिस व्यक्ति को उसने आँख उठाकर ठीक से देखा भी नहीं था, जिसके बिना किसी पूर्व सूचना के ही, उसके घर आ धमकने की धृष्टता को वह आज तक क्षमा नहीं कर सकी थी, उसी से आनन्दमय पावन परिणय सूत्र में बँध जाने को, उसे न जाने कौन-सी शक्ति अदम्य उत्साह से भर गई। उसका मूँगा रेशम का कुर्ता, किसी अनकहे व्यंग्य से चमकती आँखें, होंठों पर देवदुर्लभ स्मित के रहने पर भी उठी भृकुटि का कठोर कटाव, प्याले में चीनी घोल रही लम्बी मध्यमा पर चमकते पुखराज की पीताभ दमक उसकी स्मृति के पास आ-आकर अँगूठा दिखा जाते।

आज तक जिसके निष्कलुष चित्त में कभी विकार की एक रेखा भी नहीं उभरी थी, वही चंपा अब रात को बेचैन करवटें बदलने लगी। नियति ने ही उसके लिए उस अमोघ बँधन की सृष्टि की थी और वह स्वयं उस बँधन में बँधने को व्याकुल हो उठी थी। डाकिया आता, तो वह बड़ी उत्कंठा से लपकती, क्या पता उसका मँगेतर उसे चिट्ठी ही डाल दे। और फिर एक दिन उसके नाम का एक बड़ा-सा लिफाफा आ गया था। सगाई के दिन खींची गई तस्वीर उसे मिल गई थी। भावी पत्नी के उस चित्र को देखकर वह एक बार फिर उस पर मुग्ध हो गया था। रुक्की बुआ ने उसी चित्र की एक कॉपी चंपा को भेजी थी। उसके माथे का आँचल सामने खींचकर, बुआ ने जिस सामान्य-से घूँघट की सृष्टि की थी, उसकी छटा नवेली दुल्हन बनी किसी चलचित्र तारिका के फिल्मी घूँघट से कुछ कम मोहक नहीं उतरी थी। ललाट के लेकर सीमन्त तक खींचे गए तिलक की पुष्पराग-सी आभा, काली आँखों की लजीली चितवन, उस नौसिखिये संकोची फोटोग्राफर ने अपने चित्र में सचमुच ही प्राणवन्त कर दी थी। उसी समय नाक पर रोली गिरने के प्रसंग ने चेहरे को जिस लाज की अनोखी लाली से रँग दिया था, वह भी

एक दिव्य स्मित बना चित्र में हूबहू उतर आया था।

उस दिन चंपा ने न जाने कितनी बार अपने चित्र को अपने प्रवासी प्रेमी की आँखों से देखा था। मधुकर ने बार-बार आग्रह किया था कि वह पत्र का उत्तर अवश्य दे, किन्तु नए पैड के असंख्य पृष्ठ फाड़-फड़कर भी वह एक पंक्ति भी नहीं लिख पाई थी।

दूसरे ही दिन उसके अधीर प्रेमी का एक पत्र और आ गया था—''तुमने मेरे इस पत्र का उत्तर नहीं दिया, तो मैं समझूँगा कि तुमने अनिच्छा से ही अपनी सम्मति दी है।''

वह प्राणान्तक यन्त्रणा से छटपटा उठी थी। क्या सोचेगा उसका प्रेमी? वह जितनी बार पत्र लिखने बैठती, उसकी अस्वाभाविक रूप से संकोची स्वभाव उसकी बाँह थाम लेता। ठीक उसी दिन फिर मधुकर ने अपनी भावी पत्नी के लिए अपना उपहार भेजा था। सात नन्हे-नन्हे पुखराजों के बीच जड़ा, एक ओवल माणिक। उसको पहनते ही फिर वह आज तक बड़े छल-बल से छिपाए गए अपनी सगाई के समाचार को और नहीं छिपा पाई।

''ओह, तो यह है आपकी इंगेजमेंट रिंग! अब तो हमें एक पुष्ट प्रमाण मिल गया है, मिस जोशी। कब खिला रहीं दावत?''

हारकर चंपा ने 'क्वालिटी' में उनकी दावत का भव्य आयोजन किया था। अपने सहकर्मी हाउस सर्जनों की बधाइयाँ, उनके गुलदस्ते झेलती-झेलती वह थककर चूर हो गई थी। किन्तु उस क्लान्ति में भी कैसा सुख था, कैसी तृप्ति!

उस लम्बी मेज़ पर, पल-पलभर में छोड़ी जा रही हँसी की रंगीन आतिशबाज़ियाँ जैसे बुर्राक बैरों को भी बार-बार वहीं खींच रही थीं।

''आपका चेहरा इधर एकदम ही बदल गया है, मिस जोशी, दर्पण देखा था आज!'' उसके मुखर सहकर्मी डॉ. दुआ ने हँसकर बड़ी धृष्टता से उसके चेहरे के पास मुँह लाकर पूछा था।

''क्यों?'' बालसुलभ कौतूहल से तरल दृष्टि उठाकर चंपा ने पूछा और फिर अतिथियों के सम्मिलित अट्टहास से सब कुछ समझकर लाल पड़ गई।

''अच्छा, अब यह तो बताइए, मिस जोशी,'' धृष्ट दुआ जान-बूझकर ही उसे छेड़ रहा था, ''हमारे प्रतिद्वन्द्वी साहब शक्ल-सूरत में ठीक-ठाक हैं, न? वैसे हमारी डॉक्टर बिरादरी की तो यह परम्परा चली आई है कि जब कभी हम अपने पेशे के दायरे में अपनी पसन्द को बाँधने की चेष्टा करते हैं हमेशा

ठगे ही जाते हैं खूबसूरत डॉक्टरनी को मिला है बदसूरत डॉक्टर और खूबसूरत डॉक्टर न जाने कहाँ-कहाँ से छाँट-छाँटकर बदशक्ल डॉक्टरनियाँ बटोर लाते हैं। हम अभागों के पेशे की ही जोड़ी मिलती है, अपनी नहीं मिल पाती।''

उस कहकहे ने नित्य की संकोची चंपा की शान्त-संयत तेजस्विता को सहसा उकसा दिया था। स्थिर, निष्कपट कंठ से ही उसने हँसकर कहा था, ''आप इस बार नहीं ठगे जाएँगे, डॉ. दुआ।''

''हियर-हियर, आज तो डॉ. जोशी को देखकर लग रहा है कि प्रेम की किसी गहरी अँधी झील में गले तक डूबी पड़ी हैं बेचारी, पर देखिए डॉ. जोशी...'' वह सम्मुख बैठी चंपा के फूल-से खिले चेहरे के इतने निकट अपना चेहरा ले आया था कि वह सहमकर पीछे हट गई। ऐसा लगता था कि वह दस्यु-सा दुःसाहसी युवक, आँख झपकते ही, कुछ बचपना कर बैठेगा। पाँच वर्षों से वह उसका अनन्य उपासक रहा है, यह वह जानती थी।

''मैंने कहा डॉक्टर,'' वह फिर रहस्यमय स्वर में फुस-फुसाकर कहने लगा, ''ऐसी अवस्था में, अब अधिक ढील-ढिलाव ठीक नहीं है, क्यों कॉमरेड्स? क्या ख्याल है आपका?'' अब वह अपनी मित्रमंडली को गुदगुदाने लगा, ''हम डॉक्टरों का विवेक क्या जन-साधारण का विवेक रह जाता है? मनुष्य के अंग-प्रत्यंग की चीर-फाड़ हमें एक ऐसी सूक्ष्म दृष्टि प्रदान कर जाती है कि हम उसकी एक-एक दुर्बलता को देखते ही चट से पकड़ लेते हैं। इसी से सामान्य-सा प्रलोभन भी कभी हमारे लिए एक सांघातिक चुनौती बन उठता है। शरीर के रोगों की जानकारी हमें मन के रोगों की चिकित्सा में एकदम ही फूहड़ बना देती है। और भी स्पष्ट शब्दों में कहूँ, तो संसार के चिकने फर्श पर हमारे एक हल्का-सा धक्का लगने पर ही पटापट चित होने की सम्भावना अधिक रहती है। विवाह चटपट ही निबटा लें डॉ. जोशी, समझीं! वैसे कभी आपकी कौमार्यवस्था में, आपके अविवेक से आ गई, विपत्ति की किसी भी इमरजेंसी में वी शैल बी युअर मोस्ट लॉयल लेफ्टिनैंट्स।''

हास-परिहास की उस रसमयी गोष्ठी से वह उस दिन, बड़ी अनिच्छा से ही उठकर आई थी।

कुछ ही दिनों पूर्व पिता की मृत्यु, जुही के कलंक और स्वयं उसके हृदय की उलझन ने, उसके जिस अकलंक चेहरे को मलिन कर दिया था, वही

फिर किसी सेनेटोरियम से स्वस्थ होकर लौटी, रोगमुक्त रोगिणी के चेहरे-सा ही एक स्वस्थ लालिमा से दीप्त हो उठा था। उन बड़ी-बड़ी आँखों की तरल दृष्टि, किसी भी पुरुष के संयमी चित्त को व्याकुल कर सकती थी। आज तक माँ के लाख कहने पर भी वह कभी कान में कुछ नहीं पहनती थी। इधर वह स्वयं ही अपने नई अँगूठी से मेल खाते दो छोटे माणिक के कर्णफूल ले आई थी। उसके छोटे-से गोरे कानों पर जड़े उन लाल नगों की लालिमा, उसके नवीन अनुराग रंजित कपोलों से एकदम मिलती-जुलती थी। अपने उन सुख के क्षणों में, उसने कई बार जुही का स्मरण किया था। कहती थी, ''दीदी, तुम जैसे जैन मुनियों की तरह मुँह बाँधे घूमती फिरती हो, मुझे तो लगता है, इस जन्म में किसी की साली बनने का सौभाग्य मुझे कभी नहीं मिलेगा। अगर तुम्हारा यही हाल रहा, तो कभी कोई भ्रमर भूलकर भी चंपा के पास नहीं फटकेगा, समझी?''

बहन की जो उक्ति उसे बुरी तरह झुँझला देती थी, उसी की स्मृति अब रह-रहकर एक अनोखी पुलक जगाने लगी थी। मधुकर का उपहार पाकर, वह उसे धन्यवाद देने के सामान्य शिष्टाचार भी नहीं निभा पाई थी। इसी बात को लेकर, फिर वह जुही की चुहल भूलकर रह जाती।

पत्र लिखने में वह बार-बार अपने लजीजे स्वभाव से पराजित हो जाती थी। तब ही एक सूझ ने, उसे सहसा उल्लसित कर दिया। क्यों न उसे वह भी एक सुन्दर-सा उपहार भेज दे? फिर तो पत्र न मिलने पर भी उसे उसके प्रतिदान का आभास मिल जाएगा? अपनी मौलिक सूझ से फिर स्वयं पुलकित होती वह बड़े उत्साह से गाँधी आश्रम से ठीक वैसा ही मूँगा रेशम खरीद लाई थी जैसा कुर्ता पहन वह उसे देखने आया था। बुद्धिमान् होगा तो उसे अपने अधीर प्रश्न का उत्तर इसी उपहार से मिल जाएगा। जिसने उसके उस दिन के परिधान को स्मरण कर ठीक वैसा ही रेशम, वैसा ही रंग छाँटकर उसे भेजा था। वह क्या उसके मोहक व्यक्तित्व के प्रति कभी उदासीन हो सकती थी?

उसने बड़े यत्न से आधी रात तक बैठकर पार्सल ऐसी सुघड़ तुरपन से सिला था जैसे पार्सल नहीं, वह अपने प्रेमी के लिए चिकन का कुर्ता काढ़ रही हो। उपहार भेजकर फिर बड़ी उत्कंठा से उसकी प्राप्ति सूचना के पत्र की प्रतीक्षा करने लगी। सामने फैले निरभ्र आकाश को एकटक देख रही वह अधीरा मुग्धा पीछे से आ रहे दुर्भाग्य के काले मेघखंड को नहीं देख

पाई थी।

माँ और रुक्की बुआ के दोनों पत्र उसे एक साथ ही मिले थे। बंदूक की एक ही नली से ठंडी न कर, विधाता ने उस निहत्थी की छाती पर अपनी दुनाली का ही निशाना साधा था।

बुआ का लम्बा पत्र आरम्भ से अन्त तक अभियोग, आक्रोश एवं लाँछना की भाषा में, ''तुम माँ-बेटियों ने मेरे साथ ऐसा फरेब क्यों किया? इतनी बड़ी बात तुम मुझसे छिपा गईं? जुही ने भागकर किसी मुसलमान के साथ नाक कटवा ली है, यह मैं जानती, तो क्या अन्धी-बहरी थी जो ऐसे सुप्रतिष्ठित कुल के सामने तेरे रिश्ते के लिए आँचल फैलाती? तेरे फूफा जी से, स्वयं रामदत्त जी ने कल कहा, कि उनके साले ने अपनी आँखों से बुर्का ओढ़े जुही को उसके पति के साथ किसी होटल में देखा है। कल दिल्ली से तेरे मामा को भी, किसी ने इस विवाह की सूचना दी है। पूरे पहाड़ में इसी विवाह की चर्चा है। रामदत्त जी मुझसे मिलने आए और खूब खरी-खोटी सुना गए—''शादी होगी तो कभी बहू के बहन-बहनोई भी मिलने आएँगे। माफ करो भाई, हमें यह रिश्ता नहीं चाहिए। हमारे घर में खूँटियों में तो धोती-टोपियाँ लटकती हैं, वहाँ हम ऐसे अतिथियों के बुर्के-तुर्की टोपियाँ कैसे लटकाएँगे?''

''ठीक भी तो है, जिन्होंने कभी गंगाजल में गुँधे आटे की रोटी के बिना गस्सा नहीं तोड़ा, वह क्या कभी ऐसा रिश्ता ले सकते हैं? तेरी माँ का दिया शगुन, कल उन्हीं के पैरों पर पटक गए। पहले ही, मुझे यह सब बता दिया होता तो क्या मैं तेरी सगाई की यह नौटंकी रचाती?''

दूसरा पत्र था, स्वयं भगवती का—''जुही का कलंक हमें भी इतना बड़ा रंज दे जाएगा, यह मैं नहीं जानती थी, चंपा। अभागी के अपराध ने मुझे भी बिरादरी से अपमानित कर, दूध की मक्खी-सी ही निकालकर दूर पटक दिया है। तेरी सगाई तो टूट ही गई, इसका मुझे उतना दुःख नहीं है, तूने क्या बड़े मन से अपनी स्वीकृति दी थी! वह तो मैं तेरा चेहरा ही देखकर समझ गई थी। पर इस महीने तो, तेरे डैडी का मासिक चुकाने मुझे कोई भी ब्राह्मण नहीं जुटा। कहते हैं, मैंने मुसलमान दामाद के पैर पूजे हैं। न जाने भगवान ने मुझे किन पूर्वकृत दुष्कर्मों का दंड दिया है। जी में आता है, तुझे लेकर किसी ऐसे अरण्य में चली जाऊँ बेटी, जहाँ हमारे हृदयहीन समाज का एक भी चेहरा हमें न देखे।''

और फिर उसे वैसे ही एकान्त में ले आई थी चंपा।

जिन सहपाठियों को उसने दो ही दिन पूर्व अपने सुदर्शन भावी पति के मोहक व्यक्तित्व की दर्पोक्ति से प्रभावित किया था, जिन सखियों को उसने शरमा-शरमाकर, अपनी विचित्र कोर्टशिप के विषय में बताया था, उन्हें वह भला अब किस मुँह से कह सकती थी कि उसकी सगाई टूट गई है?

अपने दुर्भाग्य के विष को कंठ ही में घुटक, वह माँ को लिवाने चुपचाप पहाड़ खिसक गई थी। बर्दवान के पास ही बीरभूम के सीमान्त से किसी ज़मींदार ने अपनी फैक्टरी के अस्पताल के लिए विज्ञापन दिया था। बँगला, मोटर सब सुविधाओं के साथ वेतन भी खासा अच्छा था। उस पर जमा-जमाया अस्पताल था। शहर से दूरी थी सौ मील। शहर से ऐसी ही दूरी की कामना चंपा को थी। माँ के दिन पर दिन टूट रहे स्वास्थ्य ने उसे और चिन्तित कर दिया था, मामा के घर की परिस्थिति को वह जानती थी। फिर पिछली बार बुआ ने उसे एकान्त में ले जाकर बहुत कुछ बता दिया था—"अरी, तेरी माँ तो एकदम ही घिसी जा रही है। देखती नहीं, चार ही महीने में तेरी मामी ने अपने बच्चे के पोतड़े धुला-धुलाकर, उसकी कैसी गत बना दी है! जब देखो तब, बोज्यू छाती पकड़कर खाँस रही हैं। क्या जरूरत थी यहाँ आने की। वहीं कहीं एक कमरा लेकर रह जातीं। और फिर भई, हमने तो कई बार कहा, बोज्यू, हमारे पास रहो। आतीं तो हम पलकों पर बिठाकर रखते। पर दोष उन्हें क्यों दूँ। हम औरतें तो हमेशा ही मायके के नाम पर मर मिटने को तैयार रहती हैं पर इतनी बात याद रखना, चंपा, पहाड़ की एक-एक कहावत सवा-सवा लाख की होती है। कहते हैं न 'मैं तक मैत, भै तक दैज।' जब तक माँ है, तब तक मायका और जब तक भाई है तब तक दहेज।"

कभी-कभी भगवती रात-रात-भर खाँसती रहती। चेहरा देखकर लगता था, उसका वज़न भी तेज़ी से गिर रहा है। चंपा दिन-भर की कड़ी ड्यूटी से थकी घर लौटती, माँ का सूखा चेहरा देख अपनी सारी थकान भूल जाती। आत्मग्लानि से उसका चित्त क्षुब्ध हो उठता। दिन-भर न जाने कितनी रोगिणियों की पसलियाँ ठोंक-पीटकर दवाएँ लिखती रहती थी, किन्तु सगी

माँ की पसलियाँ ठीक से देखने का उसके पास जैसे अवकाश ही नहीं था। जितनी ही बार वह माँ की खाँसी सुनती, दुश्चिंता उसे घेर लेती, इस खाँसी को भला कुमाऊँ की कौन लड़की नहीं पहचानती? फिर, यक्ष्मा तो उसके मातृ-कुल का अभिशाप था। नानी, बड़ी मौसी, मौसेरी बहन, सब ही तो एक-एक कर भवाली सेनेटोरियम जा फिर कभी नहीं लौटीं। कहीं भगवती को भी मातृकुल के उसी राजरोग ने जकड़ लिया हो तब? उसके लिए क्या माँ को भी किसी सेनेटोरियम में भेजना सम्भव हो सकेगा? मामा के यहाँ भेजने का तो प्रश्न ही नहीं उठता था, वहाँ भेजने से तो माँ को बीरभूम की सड़ी गर्मी में ही रखना उसके लिए हितकर था। फिर भी, एक दिन उसने बड़े कौशल से अपने प्रस्ताव की भूमिका बाँधी थी।

"इतने दिनों से आपकी खाँसी ठीक नहीं हुई ममी, कहीं ब्रोंकाइटिस न हो। सोचती हूँ, कल आपका एक्सरे करवा लूँ।"

चतुरा भगवती ने पुत्री के मन की बात भाँप ली थी, "ओह, समझी, तुझे डर है, कहीं मुझे टी.बी. न हो, क्यों? कैसी डॉक्टरनी है री तू। मुझे खाँसी ही तो है। हरारत तो नहीं रहती। फिर कैसा एक्सरे करवाएगी?" हँसकर उसने बात उड़ा दी थी। उस दिन से भगवती जान-बूझकर चंपा के अस्पताल से आते ही, चेहरे को उल्फुल्ल बनाने की चेष्टा करती, जैसे वह एकदम ठीक है और उसे कुछ भी नहीं हुआ है। किन्तु इतना चंपा जान गई थी कि केवल शरीर की व्याधि ही नहीं, मन की व्याधि भी माँ को धीरे-धीरे घुला रही है। उस अनजाने परिवेश का एकान्त, अपने समाज का बिछोह, किसी की भाषा न समझ सकने की विवशता, भगवती के रुग्ण चेहरे को दमयनीय बना गई थी। दिन-भर, एक प्रकार से अकेले ही पड़ी रहती थी बेचारी। कभी-कभी मिनी आकर आकर टूटी-फूटी हिन्दी में उसका जी बहला जाती। संथाल नौकरानी चाँदमनी की उपस्थिति उसकी दैनिक आवश्यकताओं की ही पूर्ति कर सकती थी। कभी वह उसके पैरों को सहलाती। कभी मुसंबी का रस निकालकर पिला देती। कभी अपने मोती-से दाँतों की हँसी से कमरे की मनहूसी को एक पल के लिए धो-पोंछकर बहा देती, पर फिर कमरे में वही मनहूस सन्नाटा छा जाता। फिर भी, उस संथाल किशोरी का आश्चर्यजनक धैर्य देखकर, कभी-कभी चंपा अवाक् रह जाती। मिनी ही पास के संथाल ग्राम से उसे ढूँढ़ लाई थी।

"एक मिशनरी डॉक्टरनी के साथ काम कर चुकी है जोशी। खाना बना

लेती है, इस्तरी करना भी जानती है और इस लड़की का सबसे बड़ा गुण है, उसका शान्त स्वभाव। वैसे तो इसकी आँखों पर ही मुग्ध होकर इसे तुम्हारे पास लाई हूँ।" मिनी ने कहा था। सचमुच ही उस काली संथाल लड़की की डागर आँखों की अद्‌भुत रूप से शान्त चावनी चंपा को भी मुग्ध कर गई थी। मुँह से कुछ न कहने पर भी आँखों के माध्यम से ही वह भाषा न जानने पर भी अपनी रुग्णा स्वामिनी के एक-एक आदेश को ग्रहण कर लेती थी। भगवती के सिरहाने स्टूल पर बैठी, उस निशीथश्यामल स्निग्ध संथाल किशोरी का चेहरा कमरे की उस स्तब्ध विमर्षता से एकदम मेल खाता था। चंपा आती, तो वह वहीं पर छोटी मेज़ धर चाय की ट्रे ले आती। मिशनरी डॉक्टरनी ने उसे सुघड़ साहबी प्रशिक्षण देकर निपुण बना दिया था, इसमें कोई सन्देह नहीं। इसकी काली गठी देह, केवल एक छोटी साड़ी में भी ऐसे यत्न से लिपटी रहती कि ब्लाउज़ न पहनने पर भी उसकी दो नग्न भुजबल्लरियों के अतिरिक्त, सुडौल अंग की एक रेखा भी नहीं दिखती थी। चाँदमनी के आने से पूर्व चंपा के लिए मि. सेनगुप्त ने भी अपनी एक पुरानी अनुभवी नौकरानी भेजी थी, किन्तु चंपा ने धन्यवाद के एक नम्र-शिष्ट पत्र के साथ ही उसे खोटे सिक्के-सा लौटा दिया था। जिस दिन बर्दवान के स्टेशन पर उसे लेने आए सेनगुप्त ने मुस्कराकर माता-पुत्री के लिए कार का दरवाज़ा खोला था, उसी दिन चंपा उस रहस्यमय चेहरे को देखकर सहम गई थी। कलफ किया अद्धी का कुर्ता, यत्न से चुनी कई ज़री पाड़ की शान्तिपुरी धोती और कन्धे पर पड़ा पश्मीना! लगता था, किसी अरण्य में शूटिंग के लिए आई, किसी फिल्म कम्पनी का, ज़मींदार की भूमिका में अवतरित होने आया, कोई खलनायक ही उसके सम्मुख खड़ा हो गया है। श्वेत सँवरे काकपक्ष भी उस चेहरे को वयस के अनुरूप गरिमा नहीं नहीं दे पा रहे थे। अँगुलियों में बड़े-बड़े नगों की सिग्नेट अँगूठियाँ, गले में झूल रही काले फीते में बँधी सोने की घड़ी और आँखों पर लगा रिमलेस चश्मा—उस रोबीले चेहरे को और भी रहस्यमय बना रहे थे।

बर्दवान के सीमान्त से लेकर, बीरभूम तक फैली उनकी ज़मींदारी के कारण, उनकी गणना कभी बंगाल के प्रसिद्ध जोतदारों में की जाती थी। जामुन, कटहल, शिरीष, कदंब फूलों के वृक्षों से घिरा उनका अभ्रंलिहाग्र प्रासाद दूर से देखेने पर किसी भव्य जहाज़-सा ही लगता था। लोहे के कलात्मक जँगले घेर-घुमावदार लोहे की सीढ़ियाँ और छत के कटावदार कंगूरों

को देखकर ही लगता था कि उसके निर्माण में कभी अकृपण हस्त से ही अर्थ व्यय किया गया है। उन्हीं की कोठी के अहाते से उनकी फैक्टरी की सीमा आरम्भ हो जाती थी। सेनगुप्त नट्स ऐंड बोल्ट्स, मयूरी चिकित्सालय, कमलेश्वरी कॉलेज आदि एक-से-एक भव्य इमारतों से झिलमिलाती उस उपनगरी से विधिवत् परिचय कराते ही, सेनगुप्त माता-पुत्री को उस दिन उनके बँगले तक छोड़ आए थे। सारी रात चंपा बेचैन करवटें ही बदलती रही थी। केवल एक विज्ञापन के ही आकषर्ण से खिंची वह रुग्णा माँ का हाथ पकड़, इस अनजान बस्ती में आ गई थी। मामा-मामी के व्यवहार से क्षुब्ध होकर उसने अपना पता भी तो किसी को नहीं दिया था। मिनी का बँगला उसके बँगले के पास ही था।

‘‘आप ज़रा भी संकोच मत करिएगा, डॉ. जोशी, जब कुछ भी काम हो, मुझे चट फोन कर दीजिएगा। सिरहाने ही फोन धरकर सोती हूँ मैं।’’ प्रतिवेशिनी का वही आश्वासन, उसे आश्वस्त कर गया था किन्तु मिनी भी क्या फोन करने पर कभी मिलती थी? सेनगुप्त के औदार्य ने मिनी को प्राइवेट प्रैक्टिस की स्वतन्त्रता दे दी थी। इसी से वह जिस दिन ड्यूटी नहीं रहती, प्रायः ही अपनी बँधी रोगिणियों को देखने इधर-उधर निकल जाती। धीरे-धीरे चंपा की आशंका स्वयं ही विलीन होती चली गई थी। दिन-भर इतना काम रहता कि उसे कुछ सोचने का समय ही नहीं रहता। और रात को लौटती, तो तकिए पर सिर रखते ही गहरी नींद में डूब जाती। सेनगुप्त से वह अपने काम के सिलसिले में दो-तीन बार मिल चुकी थी। विदेशी सूट में, हाथ में सिगार दबाए, वह नम्र-शिष्ट व्यक्ति फिर उसे इतना रहस्यमय नहीं लगा था। सेनगुप्त का व्यवसाय, केवल अपने ही इलाके तक सीमित नहीं था। प्रायः ही वह लम्बे दौरे पर बाहर रहता, कभी अपनी प्लाइवुड फैक्टरी देखने बेहला, कभी जूट का व्यवसाय देखने कलकत्ता और कभी दिल्ली। उसकी चिररुग्णा पत्नी कमलेश्वरी अपनी इकलौती पुत्री मयूरी के साथ उस कोठी में अकेली रहती थी।

‘‘एकदम न्यूरॉटिक हैं माँ-बेटी,’’ मिनी ने ही उससे एक दिन कहा था, ‘‘मि. सेनगुप्त वेतन तो खासा-अच्छा देते हैं, पर उनकी पत्नी और पुत्री को सँभालना, एकसाथ पचास रोगिणियों को सँभालने से कुछ कम नहीं होता, डॉ. जोशी। नाक में दम किए रहती हैं ससुरी। डिसगस्टिंग फीमेल्स! अब

देखिए, कब आता है आपके लिए बुलावा।"

और फिर अचानक एक दिन रात के ठीक बारह बजे सेनगुप्त का फोन आ गया, तो वह बुरी तरह घबड़ा गई थी।

"मैं सेनगुप्त बोल रहा हूँ, डॉ. जोशी! क्षमा कीजिएगा, इतनी रात को आपको डिस्टर्ब करना पड़ा। पर अचानक मेरी पत्नी की तबीयत खराब हो गई है। मैं गाड़ी लेकर आ रहा हूँ आप यदि तैयार हो सकें, तो बड़ी कृपा होगी।"

तब क्या, उस दिन दफ्तर में सेनगुप्त ने उसे इसी आपात्कालीन घड़ी के लिए चेतावनी दी थी? पहले दिन जिस नम्र मिष्ट-भाषी प्रौढ़ ने उसके लिए कार का दरवाजा खोला था, उसमें और जिस रूखे व्यक्ति ने दफ्तर की कुर्सी पर बैठे-बैठे ही चंपा की नम्र अभ्यर्थना का प्रत्युत्तर केवल सिर हिलाकर दे दिया था, उसमें कितना अन्तर था! वह क्या वही सेनगुप्त था? कन्ट्रैक्ट की एक-एक शर्त को रूढ़ शब्दों में दुहराता वह एकदम साफ-सपाट शब्दों में कहने लगा था, "हमारे वेतन से आपको कभी शिकायत नहीं होगी डॉ. जोशी, किन्तु अपने कर्मचारियों को मैं जैसा वेतन देता हूँ, उनकी सेवा से भी, मैं उसी औदार्य की आशा करता हूँ। मुझे विश्वास है कि आप मुझे निराश नहीं करेंगी। दुर्भाग्य से मेरी पत्नी प्रायः ही बीमार रहती हैं, इसी से अपने इस छोटे-से अस्पताल में मुझे दो-दो डॉक्टरनियों की नियुक्ति करनी पड़ी। कहीं ऐसा न हो कि मेरे परिवार की देखभाल करने में मेरे कर्मचारियों के परिवार उपेक्षित रह जाएँ! मैं प्रायः ही लम्बे दौरे पर बाहर रहता हूँ, मेरी उपस्थिति या अनुपस्थिति में कभी यदि मेरी पत्नी को दौरा पड़ गया, तो आपको उन्हें देखने अविलम्ब ही आना होगा। यह भी मेरे इस शर्त्तनामे की एक शर्त्त है।"

उस रिमलेस चश्मे के भीतर काँच-सी चमकती जिन आँखों को देखकर उस दिन दफ्तर में उसका कलेजा बुरी तरह धड़कने लगा था, आज उसी रहस्यमयी दृष्टि की स्मृति उसकी रीढ़ की हड्डी पर बर्फ के टुकड़े-सी ही फिसलती उसे अवश कर गई।

माँ बेखबर सो रही थी। चटाई पर सो रही चाँदमनी को उसने कन्धा हिलाकर जगाया, तो वह हड़बड़ाकर उठ बैठी। उस लड़की में यह भी एक गुण था। सामान्य-सी आहट से ही वह जगकर चौकन्नी हो जाती। प्रायः ही चंपा को रात, आधी रात अस्पताल जाना पड़ता, इसी से चाँदमनी को असमय

जगाए जाने पर भी कभी आश्चर्य नहीं होता। वह उठकर, चुपचाप स्वामिनी की पीछे-पीछे चली गई।

''मुझे बड़े साहब की कोठी पर मरीज़ देखने जाना है, चाँदमनी। भीतर से दरवाज़ा बन्द कर लेना। आज छोटी डॉक्टरनी दीदी भी नहीं है, चिटखनी ठीक से लगा लेना, अच्छा!''

''चा खाबी दिदी!'' चाँदमनी ने पूछा। प्रायः ही, रात की ड्यूटी पर जाने से पूर्व चंपा एक प्याला चाय पीकर, अधटूटी नींद की खुमारी दूर कर लिया करती थी।

''नहीं चाँदमनी, मैं चाय नहीं पिऊँगी।'' उसने हँसकर कहा, ''साहब आ ही रहे होंगे, अब समय नहीं है।''

''जल चापिये छी, आनबो?'' वह बड़ी फुर्ती से चाय बनाने जाने लगी, तो चंपा ने रोक दिया।

''नहीं चाँदमनी, मैं चाय नहीं पिऊँगी।''

''बैग निबी दीदी?'' चाँदमनी ने उसकी ओर बैग बढ़ाया और काँपते हाथों से बैग में सिरिंज, औषधियाँ देखकर चंपा ने मेज़ पर धर दिया। जैसे आज की रात चंपा की फ्री थी। निरन्तर दो रातों से उसे कठिन प्रसवों ने दस मिनट भी सोने का अवकाश नहीं दिया था, किन्तु चिन्ता उसे अनिन्द्रा की नहीं थी, उसकी तो नौकरी ही निशाचरी थी। जिस व्यक्ति की आँखों से पहली बार का ही दृष्टि-विनिमय उसे एक अज्ञात आशंका से कँपा रहा था, उसी के साथ आधी रात को निर्जन बीहड़ मार्ग से अकेले जाने की विवशता उसे रह-रहकर व्याकुल कर रही थी। एक ही उपाय था, वह स्वयं अपनी माँ की चिन्ताजनक अवस्था का उल्लेख कर, अपने जाने की असमर्थता व्यक्त कर सकती थी। माँ के काग़ज़-से सफेद चेहरे को देखकर कोई भी व्यक्ति उसके कथन की सत्यता में अविश्वास नहीं कर सकता था। अचानक ही द्वार पर आकर रुक गई कार का शब्द सुन, वह हड़बड़ाकर उठ गई थी। कहीं कोई रोगिणी उसकी प्रतीक्षा में बिना औषधि के अचेत पड़ी है, इसका ध्यान आते ही उस कर्मठ डॉक्टरनी का कर्त्तव्य-बोध जाग उठा।

''क्षमा कीजिएगा डॉ. जोशी, इतनी रात को आपकी नींद खराब की, किन्तु क्या करता, विवश होकर ही आपको लेने आया हूँ, आप तैयार हैं ना?''

''जी हाँ चलिए!'' बिना सेनगुप्त की ओर देखे, चंपा स्वयं कार का

दरवाज़ा खोलने बढ़ गई। लपककर सेनुगप्त ने, किसी सीखे-पढ़े विदेशी बैरे की पटु तत्परता से उसके हाथ से बैग ले लिया और कार का द्वार खोल, नम्रता से उसके बैठने की प्रतीक्षा में खड़ा हो गया।

कार चलते ही गम्भीर स्वर में चंपा ने पूछा, "कब से बेहोश हैं मिसेज सेनगुप्त?"

"उनकी बेहोशी क्या एक-आध घंटे की होती है डॉ. जोशी!" एक लम्बी साँस खींचकर सेनगुप्त ने सिगरेट का लम्बा कश खींचकर छोड़ दिया। छोड़ी गई घूमती धुम्रेरेखा चंपा के नाक-मुँह में घुस गई।

"पता नहीं कब वे बेहोश पड़ी थीं। मैं आज ही श्रीरामपुर से लौटा। घर पहुँचा, नौकरानी से पूछा, रानी साहिबा कहाँ हैं? बोली, पूजा कर रही हैं। मैं नहा-धोकर निकला, तो फिर पूछा। बोली, साहब, अभी पूजा-घर में ही हैं। मुझे कोई आश्चर्य नहीं हुआ, क्योंकि मिसेज सेनगुप्त की पूजा हमेशा बड़ी लम्बी चलती है। मुझे डिनर लेकर जरा जल्दी ही दफ्तर जाना था, इसी से सोचा, खुद जाकर उन्हें बुला जाऊँ। गया, तो देखा, पूजा के आसन पर ही औंधी पड़ी हैं।"

"ऐसा क्या प्रायः होता है?" चंपा ने पूछा, "मुँह से फेन तो नहीं निकलता?"

"बीच में कुछ महीने एकदम ठीक रहीं, आज कोई तीसरे महीने यह दौरा फिर पड़ा है। नहीं, मुँह से फेन नहीं निकलता। आप शायद सोच रही हैं कि मिरगी है, पर अभी मैंने एक जर्मन डॉक्टर को भी दिखलाया था। उसने भी यही कहा था कि मिरगी नहीं है। स्नायु दौर्बल्यजनित ही दौरा बतलाया था उसने। पिछले तीन वर्षों से मैं पत्नी की इस बीमारी से परेशान हो गया हूँ। कितने विशेषज्ञों पर रुपया फूँका, हारकर होम्योपैथी की शरण में भी गया, किन्तु निराश होकर ही लौटा। इधर कई दिनों से सोच रहा हूँ कि एक बार दिल्ली मेडिकल इंस्टीट्यूट में भी दिखला दूँ, वहाँ सुना है एक प्रसिद्ध न्यूरो सर्जन हैं। किन्तु विवश हूँ। एक दिन भी इधर-उधर जाता हूँ तो दफ्तर में काम का अंबार लग जाता है। आजकल के लेबर का संचालन आप सबकी सर्जरी से कहीं अधिक दुरूह है, डॉ. जोशी।" वह हँसकर कहने लगा, "बंगाली मध्यवित्त श्रेणी पर मार्क्सवादी चिन्तनधारा इस मात्रा तक हावी है कि वे ऑफिस में काम करें या कारखाने-फैक्ट्री में, काम के प्रति

उनका दायित्व उन्हीं की मर्जी पर चलता है। प्रत्येक कर्मचारी के जीवन का मुख्य आकर्षण है—वेतन और बोनस। आप सोच नहीं सकतीं, जब से यह नया करोबार फैलाया है, मैंने जैसे स्वयं ही अपनी केंचुली खोलकर दूर फेंक दी है। संगीत, साहित्य, कलाविहीन साक्षात् पशु बनकर ही रह गया हूँ। अपने एक पंजाबी ज़मींदार मित्र का फार्म, फैक्टरी देखकर ही मुझे भी जोश चढ़ा था। सोचा था, मैं भी दलजीत की-सी दर्शनीय उपनगरी बनाकर, इस जंगल में मंगल कर दूँगा। किन्तु पंजाबी की विपुल उन्नति के पीछे पंजाबियों की कर्म-क्षमता सदा छाया-सी लगी रहती है, यह मैं भूल गया था।''

घनांधकार के बीच फिर वह सहसा चुप हो गया। कार की गति उसने सहसा तेज़ कर दी थी, बीच-बीच में अँगुलियों पर चमकती, अँगूठियों की दमक ही देख पा रही थी चंपा। किन्तु उस लम्बे ड्राइव के बीच, उसका भय स्वयं ही विलीन हो गया था। सेनगुप्त के आत्मनिवेदन ने परिस्थिति के तनाव को एकदम ही उड़ा दिया था। उसके बोलने का ढंग, लम्बी-लम्बी अँगुलियों को हवा में हिला-हिलाकर, किसी आत्महारा संगीतज्ञ की-सी मुद्रा, किसी बालक की-सी निष्कपट हँसी स्वयं ही चंपा को आश्वस्त कर उठी। सिर के बाल सन-से सफेद होने पर भी उसकी आँखें किसी तरुण की ही-सी यौवन-दीप्त थीं।

''लीजिए हम आ गए।'' उसने गाड़ी रोक दी और एक संगीनधारी गुरखे संतरी ने बढ़कर द्वार खोल दिया।

बहुत पहले चंपा पिता के साथ एक बार लखनऊ के राजभवन के सहभोज में गई थी। आज सेनगुप्त की कोठी उसे उसी राजभवन-सी लगी।

''आइए, काफी सीढ़ियाँ चढ़नी पड़ेंगी आपको। कई बार सोचा कि एक लिफ्ट लगवा दूँ।'' वह उसके साथ प्रशस्त सोपान-पंक्ति पर चढ़ता कहने लगा, ''पर इतना भी समय नहीं निकाल पाया। कभी मेरे पिता ने गगनेन्द्रनाथ ठाकुर से ही इस कोठी का नक्शा बनवाया था। ठाकुर परिवार से उनकी घनिष्ठ मित्रता थी।''

सीढ़ियाँ चढ़ती चंपा हाँफकर ठिठक गई। किसी अदृश्य वातायन से आता मदिर सुगन्ध का झोंका उसे पंखा-सा झल गया। कैसी विचित्र सुगन्ध थी वह! लगता था किसी ने बहुत निकट से ही किसी तीव्र सुगन्ध की

पिचकारी ही उसकी कनपटी पर मार दी है।

''रजनीगन्धा की सुगन्ध है, डॉ. जोशी! मेरी माँ ने ही पूरी कोठी को कभी इन्हीं फूलों से घेरकर रख दिया था। वैसे मेरी पत्नी को इस तीव्र सुगन्ध से बेहद नफरत है। अब तीन-चार ही रह गए हैं, पर देखिए न, कैसी तेज़ खुशबू है!''

चंपा को लग रहा था, उन घुमावदार अन्तहीन सीढ़ियों पर वह रात-भर चढ़ती रहेगी।

''आइए!'' पर्दा हटाकर सेनगुप्त फिर किसी राज्यपाल के ए.डी.सी. की-सी सतर मद्रा में खड़ा हो गया।

कमरे की सज्जा देखकर चंपा ठगी-सी देखती रह गई। लगता था, वह किसी गृहस्थ का शयनकक्ष नहीं, लाखों की लागत से तैयार किया गया कोई फिल्मी सेट है। कमरे में बिछे बहुमूल्य कारपेट के गुदगुदे कलेवर में उसके पैर ऐसे धँस गए जैसे वह बालू के टीले पर खड़ी हो गई हो। द्वार पर लगे लेस के पर्दे बड़े करीने से अर्धविभक्त कर सुनहरे फीतों से बाँध दिए गए थे। बीच में बारहसिंगे के सीगों पर टिकी मेज़ पर एक डिकेंटर धरा था। गुलाबी रेशमी मसहरी ऊपर उठी थी। जहाज़-सी पलंग पर मिसेज़ सेनगुप्त दीवार की ओर मुँह किए अचेत पड़ी थीं। मणिबन्ध में बँधे काले डोरे में गुँथी तावीजों के कारण ही शायद बाँह कुछ फूली-सी लग रही थी। बाँह के अनुपात में एकदम ही दुबली कलाई पर पड़ी सोने की कई गाछा चूड़ियों के साथ सोने में गुँथा लोहा नीचे सरक आया था।

''कमी! कमी!'' सेनगुप्त ने धीमे स्वर में पुकारा फिर नैराश्य से चेहरा चंपा की ओर घुमा लिया, ''अभी बेहोशी नहीं टूटी, डॉक्टर! आप देखिए।''

एक पल को सेनगुप्त की उन आँखों को देखकर चंपा आवाक् रह गई। यह विलक्षण बहुरूपिया क्या किसी आधुनिक अभिनेता की भाँति, आँखों के कई लेंस अपनी जेब में लिए घूमता था! जिन धूर्त शृंगाल की-सी पुतलियों ने उसे पहले ही त्रस्त किया था, उन्हें क्या चटपट किसी नकली लेंस से ढक दिया था उसने? कैसी निष्पाप निर्दोष दृष्टि थी यह! लगता था, अकारण ही लाठी से पीट दिया गया कोई पालतू कुत्ता करुण, पीड़ित आँखों से दया की मौन याचना कर रहा है।

''आप इन्हें देखिए, मैं मयूरी को बुला लाता हूँ।''

आला निकालकर चंपा उस अचेत अपरिचिता की ओर झुकी, चिबुकी उठाकर उसने उस अचल देह को अपनी ओर किया तो आँखें नहीं फेर सकी। ऐसा रूप! आज तक तो उसने ऐसे सौन्दर्य का वर्णन ही पढ़ा था। पिटे सोने-सा रंग, तूलिका से अंकित भवें, ऐसी लम्बी बरौनियाँ कि सहज में विश्वास ही नहीं होता वे असली हैं, क्लियोपेट्रा बनी लिज़ टेलर की-सी ही नकली पलकें लग रही थीं एकदम। फिर वैसे ही रँगे अधर, स्वप्निल आँखों की कोरों से चिरा गया काजल, पतली नाक पर झकझक चमकती हीरे की लौंग, किन्तु उसी सज्जा का विरोधाभास-सा प्रस्तुत करता बाँह का गोदना सहसा चंपा को आश्चर्यचकित कर गया था। चूड़ियों-भरी कलाई सीधी कर, वह नाड़ी की गति देखने लगी तो कुहनी से कलाई तक की शुभ्रता के बीच गुदे गोदने की स्याही ने उसके चिकित्सक मन को भी विचलित कर दिया। उस बंगाली हाथ में भला यह ठेठ देवनागरी लिपि में खुदा गोदना कैसे उभर आया—'श्री श्री गुरु केनाराम की अधम दासी रानी कमलेश्वरी।'

नाड़ी की क्षीण गति देखकर उसने चटपट बैग खोल लिया। सेनगुप्त न जाने कब आकर, उसके पीछे खड़े हो गए थे।

"मि. सेनगुप्त, आपने ठीक ही कहा था, मिरगी नहीं है इन्हें बेहद ऐनिमिक है, एक इंजेक्शन दूँगी, आप कृपया सिरिंज उबलवा दें।"

"मयूरी अभी-अभी सोई है, मैंने उसे नहीं जगाया डॉक्टर," सेनगुप्त फुस-फुसाकर ही कहने लगे, "आपकी सहायता करने मैं खुदू को ले आया हूँ। अस्पताल में आया रह चुकी है, सब काम जानती है।"

"मैं स्टोव पर भगौना रख आई हूँ, डॉक्टर साहब, लाइए मैं सीरिंज उबाल लाऊँ।" नौकरानी ने बड़ी तत्परता से सिरिंज थाम ली।

इंजेक्शन लगने के थोड़ी ही देर बाद कमलेश्वरी ने आँखें खोल दीं। इधर-उधर देखकर फिर उसने क्षीण स्वर में पूछा, "मयूरी, तेरे पिता आ गए क्या?"

"मैं मयूरी नहीं हूँ, मिसेज़ सेनगुप्त, मैं डॉक्टर जोशी हूँ। कैसा जी है?" चंपा ने हँसकर पूछा।

उसके प्रश्न का उत्तर दिए बिना, कमलेश्वरी बड़ी देर तक उसे अपलक दृष्टि से दखती रही। "ठीक हूँ, बहुत रात हो गई है क्या? कितना बजा है?"

"जितना भी बजा है, आप चिन्ता न करें, माँ।" खुदू आगे बढ़कर रेशमी

चादर कमलेश्वरी के गले तक खींच, बिस्तर की सलवटें ठीक करने लगी। ''साहब आ गए है, नई डॉक्टरनी आपको देखने आई हैं, साहब ही तो इन्हें लिवाने गए थे।''

कमलेश्वरी ने फिर कुछ नहीं पूछा, चुपचाप दीवार की ओर मुँह फेरकर लेट गई।

वह रात, चंपा ने उसी के सिरहाने बैठकर काट दी थी। सुबह होने से कुछ पूर्व सेनगुप्त ने दबे पैरों आकर पर्दा उठाकर झाँका, तो नई डॉक्टरनी उसकी पत्नी के ही सिरहाने धरी कुर्सी पर गहरी नींद में डूब गई थी। खुदू की पदचाप ने जब उसे जगाया तो दिन निकल आया था। गृहस्वामिनी ऐसे सो रही थी जैसे फिर उसी बेहोशी में डूबी पड़ी हो।

''बहुत थक गई हैं दिदी! एकदम हाथ-पैर तोड़-मरोड़कर सोई हैं। आप शाट-शाट (हाय-हाय)! एक-दो बार रात को भी मैं आई थी। एक बार सोचा, आपको जगाकर मउरी बेबी के कमरे में ले चलूँ, वहाँ एक पलंग भी लगी है, आप आराम से सोएँगी। पर फिर डर गई, कहीं आप नाराज़ न हों। एक प्याला चाय ले आई हूँ। आप पी लें, माँ तो अभी सो रही हैं।''

''पहले मैं हाथ-मुँह धोऊँगी खुदू, गुसलख़ाना क्या यहीं कहीं होगा?'' चंपा धीरे से उठ गई। कमलेश्वरी की नीचे खिसक गई रेशमी चादर उसे ओढ़ाने लगी तो उसकी दृष्टि एक बार फिर उस दूध-सी उजली औंधी पड़ी बाँह पर फिसल गई—श्री श्री गुरु केनाराम की अधम दासी रानी कमलेश्वरी।

ओफ! कैसी रहस्यमयी थी यह गृहस्वामिनी? किस गुरु की अधम दासी थी यह महीयसी रानी?

''आइए, आइए दिदी, कैसी मूर्ख हूँ मैं!'' खुदू जीभ काटकर उसके सम्मुख खड़ी हुई, तो उसके सम्मुख के दो टूटे दाँतों से छलकती खिन्न हँसी उसके झुर्री पड़े चिबुक पर छलक आई।

''मुझे पहले ही आपको गुसलख़ाना दिखाना चाहिए था, भला बिना हाथ-मुँह धोए चाय कैसे पी सकती हैं! पर माँ को, जब यह हतभागा दौरा पड़ता है, तो मुझे भी उसकी छूत-सी लग जाती है। होश-हवास ही खो बैठती हूँ।'' फिर वह उसे एक छोटी-सी सुरंग के आकार की गैलरी के बीच से ले जाने लगी। थोड़ी ही दूर जाकर, उसने एक द्वार खोल दिया।

''मउरी दिदी का गुसलख़ाना है यह। आप हाथ-मुँह धोएँ, मैं यहीं खड़ी

हूँ।" गुसलख़ाने में जाते ही चंपा गृहस्वामी के वैभव की सुस्पष्ट छाप देखकर एक बार फिर चकित रह गई। आज तक उसने स्नानगृह की ऐसी समृद्धि, विदेशी पत्रिकाओं में चित्रांकित ही देखी थी। बहुत पहले एक बार अपनी किसी सहपाठिन के साथ बम्बई घूमने गई तब उसके पिता के स्काइस्क्रैपर का गुसलख़ाना देखकर भी, ऐसी ही ठगी-सी रह गई थी। किन्तु इस परिच्छन्न स्वच्छता के बीच तो परिमार्जित रुचि की कोई राजकन्या भी बिना किसी हिचकिचाहट के पलंग बिछाकर सो सकती थी। टॉयलेट के ऊपर लगा पंखा, बाथ टब के ऊपर लगा दूसरा पंखा, रंगीन शॉवर, दीवार पर लगे सुनहले मोड़दार चौखट में बँधे बेनीशियन दर्पण, स्टील की ट्रे में सजी बाथ सॉल्ट की शीशियाँ, विदेशी सुगन्ध से छलकती स्प्रे, इंपोर्टेड टैल्क और स्टील की खूँटी पर टँगे गैंडे की खाल-से मोटे तौलिए। हाथ-मुँह धोकर चंपा निकली तो भूल से दूसरा द्वार खोलकर एक अनजान कक्ष में पहुँच गई। पलंग पर पड़ी उस किशोरी को देखकर वह अप्रस्तुत हो गई। लेस लगी नाइटी, घुटना से ऊपर उठ गई थी। दोनों फैली बाँहों से विराट् पलंग को पूरा घेरे वह दुबली-पतली लड़की पेट के बल औंधी पड़ी थी। कटे बालों से पूरा चेहरा ढका पड़ा था। लगता था नाचते-नाचते किसी नृत्य प्रवीण कैबरे नर्तकी ने सिर के एक झटके से केशराशि जान-बूझकर ही अपने निर्वस्त्र वक्षस्थल पर फैला दी है। दो मोटे-मोटे तकिए इधर-उधर पड़े थे। लगता था सोने से पहले, 'पिलो फाइट' कर ही सोई है लड़की। दुबले-पतले शरीर के अनुपात में किसी किशोर की-सी पुष्ट जंघाएँ देखकर, चंपा के संस्कारशील चित्त ने आँखें झुका लीं। वह स्वयं सोती तो कभी टखनी तक नहीं दिखती। गहरी नींद में भी चादर पूरे शरीर पर कफन-सा ही लपेटकर वह मुँह भी ढाँप लिया करती थी। कभी जुही बुरी तरह झुँझला उठती, "क्या करती हो यार, खुद भी नहीं सोती, और दूसरे को भी नहीं सोने देती।"

"देखती नहीं ईडियट, एकदम हाफपैंट पहनकर सो रही है। चादर ठीक से ओढ़, अभी रामसिंह चाय देने आएगा तब?"

आज इस निद्रामग्ना-अपरिचित किशोरी की अल्हड़ मुद्रा ने महीनों की भूली-बिसरी जुही की स्मृति को फिर तीक्ष्ण कर दिया था। वह खड़ी-खड़ी उसे एकटक देख ही रही थी कि खुदू आ गई। हँसकर उसने दूसरा द्वार खोल दिया। "लगता है, आपने गलती से मउरी दिदी का दरवाज़ा खोल दिया, आइए, बाल नहीं बनाएँगी? यह रहा ड्रेसिंग टेबल!"

"नहीं, नहीं, खुदू। कहीं जग न जाएँ।" वह धीरे स्वर में फुस-फुसाकर बोली तो खुदू ज़ोर से हँस पड़ी, "ओ माँ, की जे बोलेन दिदी। ओर घूम आ बार भांगे?"[1] आप निश्चिन्त रहें गहरी नींद का पूरा प्रबन्ध कर ही सोती हैं, हमारी मउरी बेबी। एक बार सो गईं तो आप उनके कानों के पास काली बाड़ी के ढोल-दमामे भी पीट डालें, फिर भी नहीं जागेंगी! आप निश्चिन्त होकर बाल बनाएँ।"

बड़ी अनिच्छा से ही वह जूड़ा खोलकर ड्रेसिंग टेबल के पास बैठी, तो स्वयं अपना प्रतिबिम्ब देखकर चौंक गई। उन अगणित विलास प्रसाधनों से घिरे उस दर्पण में, उसका कुम्हलाया चेहरा कितना फीका लग रहा था, कितना बेमेल! जूड़े के काँटे पर्स में डालकर, उसने बड़ी लापरवाही से एक विलोल-सी कबरी गूँथकर पीठ पर डाल दी और उठ गई।

खुदू के साथ कमरे से बाहर निकली तो वह हँसकर कहने लगी, "आपने पाँच मिनट भी नहीं लगाए बाल बनाने में! इधर मउरी बेबी एक बार आईने के सामने बैठ जाती हैं, तो फिर सहज ही में नहीं उठतीं। ऐसे लम्बे बाल थे और अब देखो काट-कूट क्या गत बना लाई हैं! ए दिदी, बाल देखकर तो कोई भी आपको बंगाली समझ सकता है। बाल ही क्यों, चेहरा भी एकदम बंगाली है।"

"पर खुदू तुम तो बंगाली नहीं लगतीं! इतनी साफ हिन्दी बोलती हो कि विश्वास ही नहीं होता तुम बंगाली हो।"

खुदू का चेहरा एकाएक गम्भीर हो गया, "मैं बंगाली नहीं हूँ दिदी, माँ के साथ आई तो कुँआरी थी। फिर यहीं विवाह हो गया, और बंगाली बन गई। वैसे मेरा मायका बनारस के चाँदपुर गाँव में था। पर अब उस छूटे गाँव से मेरा क्या रिश्ता रह गया है!"

उस मर्दानी औरत को देखकर चंपा पहले चौंक पड़ी थी। यदि वह पुरुष वेश में किसी के सम्मुख खड़ी होती, तो कोई भी उसके पुरुष होने में सन्देह नहीं कर सकता था। सिल के पाट-सा सपाट सीना, बैक ब्रश किए सुपारी के आकार के जूड़े में बँधे विरल केश, आपस में भयावह रूप से जुड़ी घनी भौंहें और मोटे होठों पर मूँछों की स्पष्ट रेखा। उसका चेहरा ही नहीं चलने-उठने-बैठने की गतिविधि, चौड़ी हथेली पर पटापट दूसरी हथेली का

1. क्या कहती हैं दिदी, उसकी नींद क्या टूटती है?

झपटा मार-मारकर मसली जा रही सुरती-चूने की खुराक की तैयारी, सबमें एक पुरुषोचित लटका था। किन्तु श्मश्रुमुखी रूखी प्रौढ़ा की हँसी आश्चर्यजनक रूप से बचकानी थी।

"तो क्या तुम्हारी माँ जी बंगाली नहीं हैं?" चंपा प्रश्न पूछते ही फिर स्वयं खिसिया गई। ऐसे खोद-खोदकर बातें पूछना तो उसका स्वभाव नहीं था, किन्तु उस रहस्यमय प्रासाद का विचित्र परिवेश, उसके सुप्त नारी-सुलभ को भी ठसकाकर जगा गया था। सुन्दरी स्वामिनी एक रहस्यमयी बेहोशी में डूबी है। किशोरी पुत्री अस्वाभाविक निद्रा में अलग लुढ़की पड़ी है। स्वामी पत्नी की बेहोशी टूटने पर भी एक बार कमरे में झाँकने नहीं आया। बंगाली होने पर भी गृहस्वामिनी के हाथ में देवनागरी लिपि में गुदा गोदना और फिर इस विराट् ऐश्वर्य की महीयसी राज्ञी होने पर भी किन्हीं साधु केनाराम की अधम दासी होने का उल्लेख! लम्बी-लम्बी—द्वार-सी प्रशस्त खिड़कियों के रंगीन काँच से आती प्रखर सूर्य की किरणें संगमरमरी फर्श पर कैलियोडोस्कोप के-से चौकोर-तिकोने टुकड़े बिखेरती रंगरस की जाल बुनने लगी थीं। एक सिहरन से चंपा सिहर उठी। साथ चल रही मर्दानी खुदू की चौड़ी पीठ पर उसके किसी अँगूठी के नग-से छोटे जूड़े के बाल, खुलकर, बिखर गए थे। सुरती ठुँसी होने के कारण और भी विकृत लग रहा निचला होंठ नीचे लटक गया था। ओफ! सारी रात उसने कैसी अशोक वाटिका में बिताई थी! कहीं कुछ अनहोनी घटना घट जाती तो क्या चीखने-चिल्लाने पर भी उसे कोई बचा लेता!

"एई जे, आसून दिदी,"[1] बीच-बीच में खुदू बँगला बोलकर फिर जीभ काट लेती, "भूल ही जाती हूँ मैं मुखपोड़ी (मुँहजली), कि आप हमारे मायके के देश की जनाना हैं।

स्वामिनी के कमरे का पर्दा हटाकर वह किसी राजमहल की दासी की ही नम्र मुद्रा में खड़ी हो गई।

चंपा अपनी रोगिणी के कमरे में पहुँची तो वह तकिए से सहारे बैठी एक पीली कापी देख रही थी। रात की मेघमुक्त कौमुदी के उजाले गें जिरा स्फटिक कर्ण को देखकर, चंपा रोगिणी की नाड़ी देखना भी भूल गई थी,

1. यह लीजिए, आइए दिदी।

वह दिन के उजाले में, अब कुछ म्लान लग रहा था। लगता था, सुदीर्घ बेहोशी ने उसे एकदम ही निष्प्राण कर दिया है। आँखें उठाने में जैसे पलकों पर किसी गरीयसी शिला का बोझ उन्हें फिर मूँदे दे रहा था। क्लान्त दृष्टि से उसे निहारकर वह हँसी, ''आपको बड़ा कष्ट दिया, डॉक्टर जोशी। यह मेरा दुर्भाग्य है कि आपसे प्रथम परिचय भी हुआ तो इस बेहोशी में। कई दिनों से मेरे पति कह रहे थे कि मयूरी आ जाए तो एक दिन नए अस्पताल के पूरे स्टाफ को चाय पर बुलाएँगे, पर उन्हें क्या दम मारने की भी फुर्सत रहती है!''

''नहीं, नहीं कष्ट कैसा, यह तो मेरी ड्यूटी है, मिसेज सेनगुप्त! कैसा जी है? थोड़ा-सा जूस पिएँगी क्या?'' चंपा ने बैठकर उनकी नाड़ी थाम ली और हाथ की मर्दानी घड़ी के सेकंड की सुई देखने लगी।

''अजी, जूस-वूस नहीं पीतीं हमारी माता जी। उससे भी तगड़ी चीज़ पीती हैं, क्यों है न माँ!'' चौंककर चंपा मुड़ी तो देखा पर्दा थामकर टखने तब लम्बे विचित्र परिधान में एक किशोरी खड़ी हँस रही है। ओह, तो यही खुदू की मयूरी बेबी है!

''इसकी बातों का बुरा मत मानिएगा, डॉ. जोशी,'' मिसेज़ सेनगुप्त ने चंपा के दोनों हाथ पकड़ लिए, ''यह तो ऐसे ही बकती रहती है। आप क्या इससे मिलीं नहीं, इधर आ बेटी...''

हिलती-डुलती मयूरी चंपा के एकदम पास आकर खड़ी हुई तो सुगन्ध का एक घेरा उसे घेरकर खड़ा हो गया। लगता था पूरी सेंट की शीशी ही शरीर पर उड़ेलकर आ गई थी लड़की।

''ओह, तो आप ही हैं नई डॉक्टरनी! पर आप तो एकदम बच्ची लगती हैं, जी। क्या आपने गर्भ में भूमिस्थ होते ही भागकर मेडिकल कॉलेज ज्वाइन कर लिया था?'' वह हँसी। कमलेश्वरी का चेहरा विषण्ण हो गया। ''कैसी लड़की है तू बेबी, गुरुजनों के साथ ऐसे बात की जाती है?''

''गुरुजन?'' हो-हो कर वह फिर जोर से हँस उठी। ''टेल मी ऐन अदर, माँ। इनसे...गुरुजन कहती हो तुम? क्यों जी डॉक्टरनी साहिबा, कितने साल की हैं आप? आई बेट, बाइस पूरे नहीं हुए अभी, क्यों?''

चंपा ने उस प्रगल्भा उद्दंड किशोरी के उद्धत प्रश्न के उत्तर में अपनी शान्त दृष्टि उसके चेहरे पर एक क्षण को निबद्ध कर फिर बड़ी अवज्ञा से मुँह फेर लिया था। लगता था अपने कौशोर्य को गुलेल के रबर की भाँति

बरबस खींचकर यौवन की सीमा स्पर्श कराने में बेचारी कहीं चूक गई। आँखों में अभी भी उद्दंड अबोध बालक का-सा कोतूहल लहरें मार रहा था, किन्तु आँखों के नीचे रात्रि जागरण की स्पष्ट कालिमा बिखर गई थी। कुछ ही देर पहले देखी गई कटी अबाध्य केशराशि एक रेशमी फीते में कसकर बँध जाने से चेहरा और भी कमनीय लग रहा था। लड़की ने रंग माँ का पाया था, किन्तु चंचल चेहरे पर एक-एक नक्श पिता का था। वैसी ही व्यंग्यात्मक हँसी, ललाट की कुंचित रेखाओं में स्पष्ट अहंकार की वैसी ही निष्ठुर अक्षरों की परिचित लिपि और आँखों की कंचे-सी पुतलियों का पल-पल बदलता वही गिरगिटी रंग!

"मयूरी, जा तो बेटी, खुदू से कह दे, चाय-नाश्ता यहीं लगा जाएगी।"

बड़ी अनिच्छा से ही मयूरी उठी तो उसके मयूरपंखी रंग के कफतान के बड़े-बड़े फूल के छापे को देखकर कमलेश्वरी बड़बड़ाने लगी, "न जाने कहाँ-कहाँ से ऐसे मनहूस गँवार छापे की छींट ढूँढ़ लाती है यह लड़की! हाय, कैसा ज़माना आ गया है! जिस छींट की कभी हमने रज़ाइयाँ सिलवाकर नौकरों में बाँटी हैं, उसी के कुर्ते-कमीज़ें अब हमारे बच्चे पहनने लगे हैं। उस पर यह भी भला कोई पोशाक है!"

"आप बिस्तर पर पड़ी-पड़ी अपनी डायरी पढ़ा कीजिए, माँ! हमारे ओढ़ने-पहनने की आपको चिन्ता नहीं करनी होगी। इसी छींट के सात कफतान मैंने जर्मन एम्बेसी में पूरे सात सौ रुपए में बेचे हैं!"

वह फिर अपनी उसी मस्तानी चाल में झूमती बाहर निकल गई।

"इस लड़की की बातों पर ध्यान मत दीजिएगा, डॉ. जोशी।" उद्विग्ना कमलेश्वरी का कंठस्वर भी जैसे क्षमा माँग रहा था। "बाप ने बहुत सिर चढ़ा लिया है। इतनी बड़ी हो गई है, पर किसके सामने क्या कहना चाहिए, ऐसा कांड ज्ञान ही नहीं है छोकरी को। एक तो बचपन से ही फिरंगियों के होस्टल में रही है, वैसी ही निर्लज्ज मुँहफट भी बन गई है लड़की।"

"नहीं, नहीं, आप क्यों परेशान होती हैं। पर सुनिए, मुझसे आप 'आप' क्यों कहती हैं? चंपा नाम है मेरा, मुझे इसी नाम से पुकारें तो मुझे खुशी होगी!"

"जानती हूँ, जानती हूँ बेटी।" एक लम्बी साँस खींचकर कमलेश्वरी फिर स्नेह गद्‌गद कंठ से बार-बार उसका नाम लेने लगीं, "चंपा, चंपा, ठीक

तुम्हारे चेहरे से मेल खाता नाम है तुम्हारा, बेटी। रवीन्द्रनाथ की कविता की ही चंपा हो तुम।

"पाखी बले चापा आमारे कौव कैनो तूमी हैनो नीरवे रव? चंपा, तुम इतनी चुपचाप क्यों रहती हो, कहो चंपा कहो...।"

कमलेश्वरी ने हँसकर उसका हाथ पकड़कर थपथपा दिया, "रवीन्द्रनाथ की कविता के पंछी की तरह मेरा भी मन कर रहा है तुमसे पूछूँ, चंपा, तुम इतनी चुपचाप क्यों रहती हो?"

चंपा, उस अपरिचिता के आकस्मिक स्नेह-प्रदर्शन से हकबका-सी गई। "चाय ठंडी हो रही है मिसेज़ सेनगुप्त!" उसने प्रसंग बदलने की चेष्टा की, तो कमलेश्वरी जैसे किसी दूसरे ही लोक से लौटी, "अरे, यह चाय कब रख गई खुदू?"

"अभी तो लाई, माँ! यहीं तो खड़ी हूँ मैं।"

"और साहब?" कमलेश्वरी ने पूछा।

"आप चाय पी लें, माँ, साहब चले गए।" खुदू बढ़कर चाय ढालने लगी।

"चले गए, कहाँ चले गए?" पति के आकस्मिक प्रस्थान ने कमलेश्वरी को विचलित कर दिया, "कब लौटने को कह गए हैं?"

"शायद देर ही में लौटेंगे, माँ," स्वामिनी के उत्तेजित स्वर से तप्त प्रश्न को खुदू अपने शान्त-शीतल स्वर के उत्तर से जैसे छींटे मार-मारकर ठंडा करती जा रही थी। "फैक्टरी में कोई मजदूर मशीन से कट गया है। बोस बाबू का फोन आया, तो साहब रात के ही कपड़ों में निकल गए।"

"और मयूरी? वह भी क्या उन्हीं के साथ चली गई?"

"हाँ, माँ, साहब ने तो मना किया था, पर मानी नहीं।"

"क्यों मानेगी राजनन्दनी, अक्ल तो ज़रा भी नहीं है लड़की को। एक तो मज़दूर कट गया है। बिलबिलाती भीड़ कहीं साहब ही पर न टूट पड़े; आजकल के मज़दूर तो मालिक को हमेशा ही पिस्सू-सा मसलने को तैयार बैठे रहते हैं। अब क्या ज़रूरत थी वहाँ जाने की? क्या कोई सरकस का खेल हो रहा था वहाँ?

"हे भगवान, बाप-बेटी दोनों एक दिन मुझे घाट पहुँचाकर ही मानेंगे।" वह चादर मुँह तक खींचकर सुबकने लगी।

चंपा सकपकाकर चुप बैठी रही। फिर उसने दुर्बल हिस्टीरिया की सिसकियों को पहचान लिया। उसका मृदु कंठस्वर कभी-कभी मरीज़ को कोरामीन से भी अधिक प्रभावशाली बनकर चैतन्य बना देता था। ''मिसेज़ सेनगुप्त, उठिए तबीयत और खराब हो जाएगी, फिर मुझे भी जाना है।''

''क्या? तुम भी मुझे छोड़कर चली जाओगी? अभी मत जाना, चंपा। मैं तुमसे कुछ कहना चाहती हूँ।'' वह आँखें पोंछकर बैठ गई। चेहरे पर फिर एक स्वाभाविक संयत स्मित की आभा बिखर गई।

''मैं तो अब आती रहूँगी। अभी आपकी तबीयत ठीक नहीं है, मिसेज़ सेनगुप्त! मैं इंजेक्शन देती हूँ। आप आराम से सो जाएँगी।'' वह हँसी, किन्तु कमलेश्वरी ने उसका हाथ पकड़ लिया, ''नहीं, जाने से पहले ही तुमसे कुछ कहूँगी, चंपा। छोटी-सी जगह है। इधर-उधर से कुछ उल्टा-सीधा सुनोगी। इससे अच्छा है मैं ही तुमसे सब कह दूँ। अभी मयूरी भी नहीं है।''

''हटाइए, मिसेज़ सेनगुप्त,'' चंपा जान-बूझकर ही उसे छेड़ती जा रही थी, ''मैं तो अभी आपकी कितनी ही बातें सुन सकती हूँ। बंगाली होकर भी आप कितनी मीठी हिन्दी बोलती हैं। जब से यहाँ आई हूँ, हिन्दी बोलने-सुनने को ही तरसकर रह गई हूँ। अब जब भी जी ऊबेगा, यहीं चली आया करूँगी। इतनी अच्छी हिन्दी कहाँ सीखी आपने?''

''लो, पूछती है हिन्दी कहाँ सीखी! माँ से क्या कोई माँ कहना सीखता है री! हिन्दी साफ नहीं बोलूँगी तो कौन-सी भाषा साफ बोलूँगी बेबी! उत्तर प्रदेश की ही तो लड़की हूँ मैं!'' एक लम्बी साँस खींचकर वह फिर लेट गई।

चौंककर चंपा ने दृष्टि उठाई तो वह म्लान हँसी हँसकर कहने लगी, ''हाँ बेटी, मेरा मायका बनारस में ही था, किन्तु भारत की आध्यात्मिक राजधानी वाराणसी नहीं, संगीत-नृत्य की ऐश्वर्यमयी आनन्द-नगरी वाराणसी! नहीं समझी?'' वह फिर ज़ोर से हँसी। चंपा का चिबुक स्पर्श कर धीमे स्वर में कहने लगी, ''मेरी नानी थीं पेशेदार कत्थक की पुत्री। अब समझी? उन दिनों काशी का संगीत क्षेत्र ऐश्वर्यमय था और उसी क्षेत्र की प्रसिद्ध ऐश्वर्यमयी रानी थीं मेरी नानी—रानी चंद्रवदनी—नाना से विधिवत् सप्तपद सम्पन्न न होने पर भी बिना ताज की महारानी थीं मेरी नानी।'' इस बार वह हँसी, तो एक पल को उस विकृत हँसी के स्वर ने चंपा को सहमा दिया।

''तब ही से हमारे कुल की प्रत्येक राजकन्या अपने नाम के साथ 'रानी'

की पदवी स्वयं जोड़ लेती है। देखा नहीं?'' उसने अपनी बाँह उलटकर गोदने का प्रमाण-पत्र दिखला दिया। 'गुरु केनाराम थे हमारे कुलगुरु। अपने यौवनकाल में जैसी ही असामान्य गायिका थीं नानी वैसी ही असाधारण रूपवती भी थीं। कहते हैं कि पान खातीं, तो पान का पीक उनकी पारदर्शी त्वचा को गुलाबी रंग में रँगता कंठ के नीचे उतरता था। उनका संगीत ज्ञान ऐसा था कि बड़े-बड़े उस्ताद उनके सामने पानी भरते थे। एक बार परज गा रही थीं, कि किसी सुननेवाले ने फुस-फुसाकर कह दिया, ''यह परज है या वसन्त?'' बस, फिर क्या था। नानी रणचंडी बन गईं।

''क्या? मियाँ, मुझे परज और वसन्त का भेद समझाओगे?' फिर उन्होंने वसन्त और परज अलग-अलग गाकर ऐसा स्वर पार्थक्य सुलझाकर, झलका दिया कि सन्नाटा छा गया। मेरी अम्मा की संगीत शिक्षिका थीं स्वयं मेरी नानी। कैशोर्य में ही साक्षात् वाग्देवी आकर उनके जिह्वाग्र में बैठ गई थी। बनारस का कोई भी सामाजिक क्रियाकलाप हो या संगीत जलसा, मेरी माँ की उपस्थिति वहाँ सदैव प्रार्थनीय रहती। जिस प्रसिद्ध ईमामबन्दी ने बंगाल के संगीत-प्रवाह को अपने टप्पे की तरंगों से कभी सदा के लिए उद्वेलित कर दिया था, उसी के शिष्य द्विजेन्द्र भट्टाचार्य से टप्पे की शिक्षा पाई थी अम्मा ने।

''मिर्जापुर की चैती, विन्ध्याचल की होली, ठुमरी, टप्पा जो भी गातीं, लोग झूम उठते। नानी बताती थीं कि अम्मा का गाया टप्पा सुनकर, एक बार काली मिर्जा जैसे प्रसिद्ध टप्पा गायक भी दंग रह गए थे। विद्याधरी नानी की मुँहबोली बहन थी। अम्मा की ठुमरी को भी वे अपनी अनोखी मुरकियों से बीच-बीच में आकर सँवार जाती थीं। उन दिनों बनारस के किसी संगीत के जलसे में वाहवाही लूट लेना कोई साधारण बात नहीं थी। गुणी श्रोताओं में, ऐसे बीसियों अनुभवी जौहरी बैठे रहते थे, जिन्होंने राजराजेश्वरी की गाई चैती सुनी थी; हुस्ना से खयाल, सरस्वती से ध्रुपद और विद्याधरी से ठुमरी सुने कानों को छलना क्या ऐसी-वैसी गायिका के लिए कभी सम्भव हो सकता था? पर जब अम्मा अपनी पूरी तैयारी से गाने बैठतीं, तो रस-सिद्ध श्रोता साँस रोककर सारी-सारी रात बैठे रहते। पर फिर एक दिन अम्मा स्वयं ही, अपनी उस ख्याति को ठुकराकर, गंगा किनारे एक कुटिया बनाकर रहने लगीं। जिनकी गायकी के सामने कभी जहूरी, चन्द्रावती, मेंहदी, बड़ी मोती बाई जैसी सुप्रसिद्ध गायिकाओं के खयाल-टप्पे भी फीके पड़ जाते थे, वही

गाती थीं अब तुलसीदास और रैदास के भजन। मुझे नानी के पास छोड़कर बिना कुछ कहे ही उन्होंने गृह त्याग दिया था। नानी ने कितना समझाया, रोईं-धोईं, पर अम्मा टस-से-मस नहीं हुईं। बोली, ''अम्मा, मुझे छोड़ दो। गुरु केनाराम ने मुझे सपना दिया है—बेटी, अब टप्पा, ठुमरी दादरा छोड़, गाना ही है तो श्रीरामचन्द्र का गुणगान कर।''

''फिर तो नानी रोज़ ही सुनतीं कि अम्मा आज केनारामी अस्ताना में गा रही हैं, आज वागेश्वरी के मन्दिर में उनका गाना है, आज पंचगंगा घाट के बृहत् भवन में अम्मा विनय-पत्रिका के पद गाएँगी। उनका श्रावण विन्ध्याचल पर्वत पर कटता और वैशाख काशी के विभिन्न घाटों में। उस वैशाख की शुक्ला सप्तमी को प्रत्येक घाट को पूजती, जब वे मणिकर्णिका घाट पूजने गईं तो उनका पैर फिसल गया। पुण्यतोया भागीरथी ने ही अन्तकाल में उन्हें अपनी गोद में ले लिया था। गुरु ने उन्हें ठीक ही सपना दिया था, चंपा! फिर क्या वे ऐसे-वैसे गुरु थे? हम जैसी एक अभागी को भी उन्होंने एक बार उबार लिया था। अपने कलुषित जीवन से छटपटाकर, वह कितने महात्माओं की शरण में गईं, पर सबने घृणा से मुँह मोड़ लिया। गुरु केनाराम ने ही उन्हें दीक्षा दी। तब ही से हम अभागियों के गुरु बन गए केनाराम। अम्मा की मृत्यु के बाद नानी ने मुझे अम्मा की मौसी के पास मयूरगंज भेज दिया। वर्षों पूर्व, छोटी नानी मयूरगंज के किसी प्रसिद्ध जागीरदार की पत्नी बन, वहीं प्रतिष्ठित जीवन बिता रही थीं। छोटी नानी के ही चचेरे देवर के पुत्र हैं मेरे पति। वहीं उन्होंने मुझे एक बार देखा और घर-भर से विरोध मोल लेकर मुझे ब्याह लाए। अब यही मेरी काशी है, चंपा।''

चंपा उस तेजस्वी महिला की म्लान-करुण हँसी का कुछ उत्तर ही नहीं दे पाई। कैसी विचित्र आत्मकथा थी उसकी!

''तुम मेरी रोग निदान खोजने पर भी नहीं पा सकती, बेटी।'' उसने हँसकर फिर चंपा की शिथिल हथेली थाम ली, ''यह रोग मन का है, तन का नहीं। मुझे मेरी स्मृतियों का बोध ही मारे डाल रहा है, चंपा। कभी देखती हूँ, सोने के पनबट्टे से एक कस्तूरी बीड़ा निकालकर, नानी पहले स्वयं खा रही है, फिर छोटा-सा टुकड़ा कुतरकर मुझे खिलाती हैं। मैंने उस नानी का जूठा पान खाया है, चंपा।''

वह फिर सहसा हाँफती, उत्तेजित होकर बैठ गई। ललाट पर पसीने की

बूँदे छलक आईं। कंठ अवरुद्ध हो गया। "मिसेज सेनगुप्त," चंपा ने स्वर कठोर बनाकर कहा, "मुझे आज्ञा दें। बड़ी देर हो गई है। खुदू को बुलाकर एक इंजेक्शन आपको दे जाऊँ।"

"नहीं," कमलेश्वरी ने उसका आँचल पकड़कर उसे बिठा लिया। "सुनो, जब तुम सुबह मेरे कमरे में आई, तो मैं अपनी यही कॉपी देख रही थी। वह सिरफिरी मयूरी इसे मेरी डायरी कहती है। नवीनचन्द्र सेन की यह कविता कभी नानी ने स्वयं मेरी इस कापी में उतार दी थी। ऐसी काशी थी तब। बुढ़वामंगल के मेले में काशी नरेश के सजे बजरे में सज-धजकर नानी बैठतीं, तो सब बजरों की आभा म्लान हो जाती थी। सुनो :

हासे बारानसी, नीचे भागीरथी।
मयलय मारुत दैय प्रेमारति, उठिल संगीत स्वरलहरी–
ए परान मन लह लहरी। काशीर प्रसिद्ध मयनार गान,
नाचीछे मयना मदन मोहनी–आलोकिया काशी नरेश तरणी।
कांपितेछे नेत्र स्थिर भ्रूयुगल, एक नेत्र अश्रु मुक्ता सुशीतल
अन्य नेत्र देखो हांसी, ते रंजित, आध आध स्वर विरहे कातर–
दु नयने अश्रु झरे झर-झर।

"तब वाराणसी हँसती थी चंपा, और भागीरथी नाच उठती थी। मलय मारुत प्रेमारति को प्रखर कर उठता था। संगीत स्वरलहरी मन-प्राण उड़ाकर रख देती थी। काशी नरेश की प्रसिद्ध मैना गा रही है–आहा मदनमोहिनी मैना नाचने लगी, तो काशी नरेश का बजरा आलोकित हो गया। नेत्र काँप रहे हैं, पर भ्रूयुगल स्थिर हैं। एक आँख में आँसू हैं, दूसरे में हँसी, विरह-कातर कंठ है और आँखों से आँसू झर-झर झरे जा रहे हैं।"

कमलेश्वरी की आँखों में आँसू बह रहे थे और वह उन्मादिनी-सी कहती जा रही थी, 'इ नयने अश्रु झरे झर-झर।"

चंपा ने, अपनी उस विचित्र रोगिणी के शीतल ललाट पर स्नेह से हाथ धरकर कहा, "मिसेज सेनगुप्त, आप बहुत थक गई हैं। मैं एक इंजेक्शन देकर अब अस्पताल जाऊँगी। यदि, इस बीच कोई तकलीफ हो तो मुझे ड्यूटी-रूम में फोन कर दें। वैसे कोई तकलीफ अब होनी नहीं चाहिए। इस इंजेक्शन के लगते ही आपको गहरी नींद आ जाएगी।"

"तुम मुझे यह इंजेक्शन नहीं भी देती, तब भी तुम्हारा चेहरा देखकर ही मैं सो सकती थी, चंपा।" कमलेश्वरी ने हँसकर उसका हाथ अपने ललाट

से खींचकर छाती पर धर लिया।

"तुम्हारी आँखें, तुम्हारी हँसी, चिबुक, सब कुछ मेरी अम्मा से कितना मिलता है। इसी से तो तुम्हें देखते ही मैंने घबड़ाकर आँखें बन्द कर ली थीं। हे भगवान यह क्या अम्मा ही अपने उस तस्वीर से निकलकर यहाँ खड़ी हो गई हैं? देखो, इसे मैं सिरहाने रखकर ही सोती हूँ।" उठाकर उसने मोटी मैट्रेस के नीचे से एक कॉपी में धरी तस्वीर निकालकर उसे थमा दी। तस्वीर में मुस्करा रही उस युवती को देखते ही चंपा चौंक पड़ी थी। उन बड़ी-बड़ी आँखों में, नाक की तीखी गढ़न में, नुकीले तेवर में, उन अनुपम अधरों की उदास मुस्कान में क्या सचमुच ही उसकी उस सगाई की तस्वीर से आश्चर्यजनक साम्य नहीं था? अपनी उस तस्वीर को तो वह कब का फाड़-फूड़कर लखनऊ में फेंक आई थी। तब क्या यत्न करने पर भी न भुलाई जाने वाली उस स्मृति को फिर उभाड़ने विधाता ने उसी की डुप्लीकेट कॉपी भेज दी थी?

तस्वीर की उन करुण आँखों से वह जैसे आँख फेर ही नहीं पा रही थी। ठीक रुक्की बुआ ने जैसे उनका नन्हा-सा घूँघट निकाल दिया था, ऐसी ही घूँघट की यवनिका से ढकी लज्जावनता दृष्टि क्या किसी वारवनिता की थी? बड़े-बड़े छापे की जार्जेट की साड़ी पर लगी बड़ौदा ज़री के पारसी ढंग से सँवरे आँचल को एक ब्रूच से चुन्नटों में बाँध दिया गया था। हाथ की रेशमी चूड़ियों में बंदिनी बनी घड़ी का अस्तित्व स्पष्ट करने को ही शायद कुहनी को कुर्सी के हत्थे पर साध, वह सुचिक्कन कपोल पर अपनी लम्बी अँगुलियाँ टिकाए मुस्करा रही थी। उस स्मित की मोहक भंगिमा को अपने कैमरा में बन्दी बनाने में छायाकार पूर्णरूप से सफल हुआ था। लगता था, उस पेशेवर मॉडल ने अपनी उस मुस्कान को दर्पण के सम्मुख खड़ी होकर यत्न से किए गए पूर्वाभ्यास से सँवारा है।

"यह तस्वीर मेरे जन्म से पहले ली गई थी, चंपा!" कमलेश्वरी की धीमी आवाज़ और धीमी हो गई। "मेरे पिताजी की बारात में सेहरा गाने गई थीं अम्मा, नानी से खूब लड़-झगड़कर ही गई थीं, सुना।"

एक लम्बी साँस खींचकर कमलेश्वरी चंपा का हाथ अपने हाथ में थामे बैठी रही। फिर उसने अपनी अधूरी आत्मकथा का सूत्र सँभाल लिया, "मेरे पिता अवध के प्रसिद्ध ताल्लुकेदार थे। नानी से उनके परिवार का परिचय बहुत पुराना था। मेरे पिता के अन्नप्राशन की दावत में नानी अपने दल-बल

सहित गाने गई थीं। इसी से जब कुँवरजी ने उन्हें आश्वासन दिया कि वे मेरी माँ से विवाह करेंगे, तो उन्होंने स्वयं ही अम्मा को ढील दे दी। और जब एक दिन कुँवरजी ने एक बहुमूल्य हीरे की अँगूठी अम्मा को पहनाकर सगाई की रस्म पूरी कर दी, तो नानी और भी निश्चिन्त हो गईं। फिर अचानक ही सब उलट-पुलट हो गया। कुँवरजी के पिता रावसाहब का माथा पहले ही ठनक गया था। अपनी सरहद में छल-बल से पुत्र को खींचकर उन्होंने बेड़ियाँ डाल दीं। एक बहुत बड़ी रियासत की राजकन्या से उनकी सगाई कर दी गई, पर फिर भी दुलारे बेटे की एक ज़िद के सम्मुख उसके ज़िद्दी पिता को घुटने टेकने पड़े। मेरे पिता की एक शर्त्त थी कि जब तक अँगूरी उनकी बारात का सेहरा नहीं गाएगी, वे सेहरा नहीं बाँधेंगे। शायद वे जानते थे कि न कभी अँगूरी प्रेमी का सेहरा गाने आएगी, न सेहरा बँधेगा।

''उन दिनों एक सेहरा गाने की सामान्य-सी दक्षिणा थी केवल पाँच सौ रुपए। उस सामान्य धनराशि के लिए क्या कभी अँगूरी जैसी प्रसिद्ध गायिका सेहरा गाने जा सकती थी? वह भी स्वयं उसके बाल्यसखा, उसके प्रेमी और उसकी अजन्मा सन्तान के पिता की बारात! किन्तु मेरी नानी कहा करती थीं, ''कमली, बाढ़ आई नदी का रुख पहचानना भी सम्भव है, पर तेरी माँ के मन की थाह पाना है एकदम असम्भव।'' स्वयं राव साहब ने आकर अम्मा के पैरों में अपनी कलगी लगी पगड़ी रख दी थी, ''अँगूरी तुम नहीं आई तो मेरा बेटा कभी सेहरा नहीं बाँधेगा। जो माँगोगी वही दूँगा, बेटी।''

''अम्मा ने हँसकर, सुना इतना ही कहा था, 'जो माँगूगी वही दे पाएँगे राव साहब? सोच लीजिए, आप राजपूत हैं, कहीं ऐसा न हो कि वचन निभाने में, आपके प्राणों पर बन पड़े।' तब राव साहब सिसक-सिसककर रो पड़े थे। अम्मा गईं। कहते हैं, ऐसा सेहरा न कभी किसी ने सुना था न कोई शायद कभी सुनेगा। सेहरा क्या था, मर्सिया था, जिसके कोमल स्वरों की एक-एक मुरकी, एक-एक दबी सिसकी थी, जान-बूझकर ही अम्मा ने उसे पीलू में बाँधा था। नहीं तो भला सेहरा कोई पीलू में बाँधने की चीज़ है? गाने पर जो दक्षिणा मिली, उसे नौशे पर ही न्यौछावर कर अम्मा चुपचाप लौट आईं। उस दिन उन्होंने जो पेशवाज खोलकर दूर फेंका, तो फिर कभी नहीं बाँधा।

''पाँच महीने बाद, मेरा जन्म हुआ। मेरी अम्मा की उसी अवस्था का फायदा उठाना चाहा था एक बार नानी ने। राव साहब जब अम्मा को बुलाने

आए, तो नानी अम्मा की अवस्था का उल्लेख करने जा रही थीं, अम्मा ने ही उन्हें अपने सिर की कसम देकर रोक लिया था। फिर भी नानी मुकदमा चलाकर मेरी परवरिश-पलाई के लिए महीना बँधवाना चाहती थीं, पर फिर अम्मा अड़ गईं। कहने लगीं, 'गुरु का नाम मैंने हाथ में खुदवा लिया है, तुम चिन्ता मत करो, अम्मा! मेरी बेटी की पलाई अब वे ही बाँध देंगे। देख लेना, मेरी बेटी कभी हमारे पेशे से अपना मुँह काला नहीं करेगी, उनका नाम जो मेरे साथ है।''

''ठीक ही तो कहा उन्होंने, जब कभी विपत्ति पड़ी, यही नाम मुझे गोद में उठाकर बचाता रहा, चंपा! कितनी बार अपनी उस अभागी लड़की के सामने रोई, गिड़गिड़ाई कि बेटी, तू यह नाम गोदवा ले, पर वह क्या कभी मान सकती हैं? इसी से तो क्या हालत बना ली है लड़की ने। मैं क्या चेहरा नहीं पहचानती? जिस नरक से मैं कभी भागकर दूर चली गई थी, वहीं अब मेरी बेटी पहुँच गई है, यह क्या मैं नहीं समझती।''

''खुदू को गाड़ी लाने के लिए कह दूँ, मिसेज सेनगुप्त!'' चंपा ने झुककर नम्र स्वर में पूछा तो वह चौंक गई। अब तक वह चंपा की उपस्थिति को भूल ही गई थी।

''ओह, तुम्हें तो जाना है न। खुदू को बुलाओ, बेटी! एक गाड़ी तो हमेशा गैरेज में खड़ी रहती है। तुम्हें ड्राइवर पहुँचा आएगा।'' उस बन्द घुटन-भरे कमरे से बाहर आते ही, रजनीगंधा के एक मीठे झोंके से चंपा की थकान दूर हो गई। ऐसा डिप्रेशन तो उसे कभी अपनी मरणासन्न रोगिणी के पास बैठकर भी नहीं हुआ था। सेनगुप्त का ड्राइवर उसे अस्पताल में उतारकर चला गया।

मिनी द्वार पर ही उसकी प्रतीक्षा में खड़ी थी। उसे देखते ही हँसकर बढ़ आई, ''जब सुना कि आप बड़ी कोठी गई हैं, तब ही समझ गई थी, कि आप दूसरे दिन बारह बजे से पहले नहीं लौट पाएँगी। किसको दौरा पड़ा था इस बार? रानी को या राजकन्या को?''

''क्यों, क्या मिस सेनगुप्त को भी दौरा पड़ता है?'' चंपा ने पूछा तो मिनी हँसने लगी।

''अजी, उन्हीं का दौरा तो देखने लायक चीज़ है। घंटों की उनकी बेहोशी

से जूझकर जब पहली बार मैं खुद बेहोश होने लगी, तो होश में आकर आँखें खोलीं, बोलीं, "हाई, आई हैड ऐ शाट' समझीं?"

" 'इस रोग से जूझने की शिक्षा हमें हमारे चिकित्सा-विज्ञान ने नहीं दी है, सर!' मैं साली राजकन्या के बाप से साफ-साफ कह आई थी। बस, उस दिन से फिर मुझे नहीं बुलाया। पता नहीं कैसी एब्नार्मल फैमिली है। गृहस्वामी का व्यक्तित्व क्या स्वयं ही कुछ कम रहस्यमय है? कभी ऐसी वात्सल्य विगलित दृष्टि से देखेंगे, जैसे मैं उनकी सगी बेटी हूँ और वे ही आँखें कभी मेरे शरीर पर ऐसे फिसलेंगी कि लगता है, सर्वांग ढका रहने पर भी मैं विवस्त्र खड़ी हूँ। जिस दिन पहले आपको देखा, डॉ. जोशी, उस दिन न जाने कैसी माया हो आई थी आप पर! देख तो रही हैं, जैसा चेहरा दिया है भगवान ने, उसे लेकर मैं संसार के खूँखार भेड़ियों के बीच भी कैसी ही नौकरी का काँवर ढो सकती हूँ, पर आप क्या करने आ गईं यहाँ?"

"क्यों जब तुम दो वर्ष से यहाँ जमी हो, तो मैं भला क्यों नहीं रह सकती?"

"डॉ. जोशी, कभी दर्पण के सामने बैठकर ठीक से अपना चेहरा देखा है?"

चंपा का चेहरा एकदम लाल पड़ गया। एक और व्यक्ति ने भी उसे एकदम यही पंक्ति कभी अपने पत्र में लिखी थी।

"सोचा था, तुमसे कुछ नहीं कहूँगी। इतनी दूर जब नौकरी करने आई हो, तो निश्चय ही तुम्हारी विवशता ही असाधारण रही होगी। पर अब सोचती हूँ, तुम्हे सावधान कर दूँ। आओ यहीं बैठ जाएँ।" उसने चंपा का हाथ पकड़कर गुलमोहर की छाया में लगी बेंच पर बिठा दिया, फिर हँसकर कहने लगी, "वैसे मैं तुम्हारी सबचार्ज हूँ। आप ही कहना उचित था, पर उम्र में मैं निश्चय ही तुमसे बड़ी हूँ। इसी से मुँह से तुम ही निकलता है। तुमसे पहले आई थी डॉ. शीला जोज़ेफ, एकदम तुम्हारी ही तरह बेलूर से हाउस सर्जन बनकर, सीधी यहीं आई थी बेचारी। दुबली-पतली, पर बेहद चुस्त-फुर्तीली, ऐसी कि लगता था कि कोई असिस्ट न करे तब भी एक साथ दो मेजर ऑपरेशन वह अकेली ही निबटा सकती है। उस पर चेहरा भोला, जैसे दूध के दाँत भी न टूटे हों। ठीक तुम्हारी ही-सी बचकानी हँसी थी उसकी। जब भी मैं उसे बुलाने जाती, देखती, वह बाइबिल पढ़ रही है

और मशीन से चल रहे हाथ टैटिंग की लेस बुन रहे हैं। नारी होकर भी, मैं कभी उसके गठे शरीर की अपूर्व गढ़न को मुग्ध होकर देखती ही रहती थी। क्या ठसकेदार चाल थी लड़की की और कैसी मद-भरी चितवन! एक रात बड़ी कोठी से बुलावा आ गया कि मिसेज़ सेनगुप्त को दौरा पड़ गया है, मि. सेनगुप्त उसे स्वयं लेने आ रहे हैं। बेचारी भागती-भागती मेरे ही पास आई थी। चाहती थी कि मैं उसके साथ जाऊँ। मुझे लगता है जोशी—" एक लम्बी साँस खींचकर मिनी धीमे स्वर में फुसफसाई, "मैंने ही उसे मौत के मुँह में ढकेल दिया। कई बार मैंने उसकी ओर मैत्री का हाथ बढ़ाया, पर उसने स्वयं ही मुँह फेर लिया था। मैं असिस्ट करने बढ़ती, तो वह मुझसे नर्स की ही भाँति केवल औज़ार माँगकर ही धन्यवाद दे, मुझे दूर खिसका देती। ठीक है, मैंने सोचा, बहुत अकड़ती थी, अब भुगतो अकेली। मैंने साफ-साफ कह दिया, "मेरी नाइट ड्यूटी है, अस्पताल जाना है, एक टिटनेस की रोगिणी की अवस्था सुविधाजनक नहीं है, मैं नहीं जा पाऊँगी।" दूसरे दिन अस्पताल से ही मैं एक इंजीनियर की पत्नी का लेबर निबटाने, नानूर चली गई। वहीं सुना कि शीला ने आत्महत्या कर ली है। तुम्हारा जो बैठकखाना है, उसी की सीलिंग फैन में अपनी ऐडयार साड़ी का आँचल गले में बाँधकर झूल गई थी लड़की! मैं जब तक आई, उसे दफनाया जा चुका था। किसी प्रकार की मेडिकल परीक्षा की आवश्यकता क्यों उचित नहीं समझी गई, पूछे जाने पर सेनगुप्त ने मुझे आग्नेय दृष्टि से सहमा दिया था। मेल अस्पताल के डॉ. बसु ने ही डेथ-सर्टिफिकेट साइन कर, सब ठीक-ठाक कर दिया। "कई दिनों से मानसिक विकारग्रस्त थी, उसी फिट में आत्महत्या कर ली"—ऐसी ही रिपोर्ट लिख, बसु स्वयं त्यागपत्र देकर, न जाने किस दिशा में अलोप हो गए। शीला अनाथा थी। मिशन ने ही उसे पाला था, इसी से जैसे बेचारी मुट्ठी बाँधे इस संसार में आई थी, वैसे ही हाथ पसारे यहाँ से चुपचाप चली गई। सुना, तुम कन्ट्रैक्ट पर सही भी कर चुकी हो। अब एक उपाय है, जोशी, शर्त्तनामे की रकम चुपचाप अदा कर, सही-सलामत यहाँ से चली जाओ।" चंपा ने आँखें बन्द कर लीं। रात-भर उसने तीखे उस्तरे की धार पर बैठकर ही बिताई और यहाँ आते ही फिर वही उस्तरा जैसे मिनी ने उसकी गर्दन पर धर दिया था।

शर्त्तनामे की राशि को वह भला सहज ही में कैसे जुटा सकती थी! लखनऊ की कोठी बेचकर जो कुछ मिला था, वह पिता के केस में, उनके

इमबैजलमेंट की रकम भरने में चुक गया था। दो हज़ार शायद बैंक में पड़े थे। फिर लखनऊ जाने पर उसके परिचित इष्ट-मित्र क्या उससे उसके आकस्मिक पलायन की कैफियत नहीं माँगेंगे? उसी कैफियत के साथ उसकी टूटी सगाई का लज्जाजनक प्रसंग स्वयं ही शरीर में अब तक यत्न से छिपाए गए किसी रोग की ही भाँति उमड़ आएगा। नहीं, नौकरी वह नहीं छोड़ेगी, हो सकता है कि उस सुदूर केरलवासिनी दक्षिण डॉक्टरनी की अकाल मृत्यु का कारण सेनगुप्त के कठोर शर्त्तनामे की वही शर्त्त रही हो, "रात-आधी रात कभी भी मेरी पत्नी का दौरा पड़ा, तो आपको आना होगा।" किन्तु उसकी देह कभी छत की बल्ली से नहीं झूलने पाएगी। इसका प्रबन्ध स्वयं कर सकती थी।

क्लान्त और अवसन्न चित्त लेकर वह घर पहुँची, तो भगवती बिस्तर पर बैठी 'कल्याण' पढ़ रही थी। माँ को चश्मा लगाए, गहन अध्ययन में डूबी देख, चंपा एक पल को अपनी सारी चिन्ता भूल गई। वह तो सोच रही थी, भगवती अपने चिरन्तन ज्वर में डूबी नित्य की ही भाँति बुझी-बुझी-सी बिस्तर पर पड़ी होगी, किन्तु अन्य दिनों की तुलना में भगवती उस दिन उसे एकदम ही स्वस्थ लग रही थी।

"कैसा चेहरा उतर गया है, तेरा, कुछ खाया भी या भूखी है?" 'कल्याण' बन्द कर, भगवती ने चश्मा उतार दिया।

"भूख नहीं है ममी, बेहद थक गई हूँ आज। बड़ी कोठी जाना पड़ा, वहाँ मिसेज़ सेनगुप्त की तबीयत अचानक खराब हो गई थी। एक राउंड अस्पताल का भी लगा आई, नहीं तो फिर जाना पड़ता।"

"चंपा!" भगवती का कंठ स्वर बुझा-बुझा-सा लग रहा था, "कभी सोचती हूँ, इससे अच्छी नौकरी तो तुझे लखनऊ ही में मिल सकती थी।"

"नौकरी तो मिल सकती थी, ममी," चंपा ने हाथ का आला मेज़ पर धर दिया और हँसती खड़ी हो गई, "पर भारत का कोई भी अस्पताल मुझे ऐसी तनख्वाह नहीं दे पाता। एकदम ताज़ी अनुभवहीना डॉक्टरनी को भला कोई भी अस्पताल पन्द्रह सौ वेतन दे पाता? उस पर बँगला, माली, वाहन—सब फ्री। फिर सबसे बड़ा आकर्षण है इस बीहड़ अरण्य का। न यहाँ कोई जुही को जानता है, न उसके यवन पति को। न किसी को डैडी के सस्पेंशन की हवा लग सकती है और न मेरी टूटी सगाई की।" भगवती

फिर कुछ भी नहीं कह पाई। बात तो ठीक ही कह रही थी लड़की।

"मैं जानती हूँ, ममी," चंपा खिन्न स्वर में कहने लगी, "तुम्हारा मन यहाँ एकदम नहीं लग रहा है। ठीक भी तो है। मुझे दिन-भर, कभी-कभी रात-भर बाहर रहना पड़ता है और तुम दिन-भर अकेली पड़ी रहती हो। चाँदमनी तुमसे एक शब्द भी नहीं बोल पाती। पर जैसी हमारी परिस्थितियाँ हैं, ममी, हमें अभी यहीं रहना पड़ेगा।"

उसने माँ का हाथ अपने हाथ में लिया, तो उद्विग्न हो उठी, "यह क्या ममी, तुम्हें तो बड़ा तेज़ बुखार है, तुमने कुछ बताया भी नहीं। तुम हमेशा मुझे ऐसे ही बहका देती हो।" उसका स्वर रुआँसा हो गया।

"कल मैं तुम्हें एक्सरे के लिए अपने सुबह के राउंड पर ही ले जाऊँगी।"

माँ का फ्लश्ड चेहरा देखकर, उसने एक्सरे रिपोर्ट आने से पहले ही अपने को माँ की सम्भावित बीमारी के लिए तैयार कर लिया था। इसी से जब मिनी रिपोर्ट लेकर आई, तो उसे आश्चर्य नहीं हुआ। एक ही नहीं, उसके दोनों फेफड़ों में पैच था। मिनी ही उसे एकान्त में खींच ले गई थी, "डॉ. जोशी, मैं सोचती हूँ, आप इन्हें अविलम्ब ही यहाँ से हटाकर पहाड़ पहुँचा आइए। यहाँ की गर्मी अभी आपने नहीं देखी। इसी बीमारी को गर्मी कितनी तेज़ी से उभार सकती है, आप जानती हैं, फिर आप तो स्वयं पहाड़ की हैं। सेनेटोरियम में बेड खाली न हो, तब भी इन्हें घर पर रख सकती हैं। वैसे धरमशाला सेनेटोरियम में मेरी छोटी बहन के पति इंचार्ज हैं। कहिए तो उन्हें लिख दूँ।"

किन्तु चंपा को माँ को पहाड़ भेजने की चिन्ता नहीं थी। चिन्ता थी उसे उसके रोग की जानकारी देने की। कभी यही रोग, भगवती के पूरे मायके को किसी कुख्यात महामारी की तेज़ी से चाट-चूटकर साफ कर चुका था। उसी रोग ने अब उसे भी जकड़ लिया है, कैसे कहेगी उससे?

किन्तु हाथ की एक्सरे रिपोर्ट मेज़ पर ही छोड़ वह चेहरे को उत्फुल्ल बनाने की व्यर्थ चेष्टा करती, भगवती के कमरे में पहुँची तो पैर काँपने लगे।

"क्यों रिपार्ट ठीक नहीं निकली न? तू क्यों घबड़ा रही है, पगली।" भगवती ने शान्त-संयत स्वर में कहा तो चंपा अपने को नहीं रोक सकी।

माँ के ही पलंग पर बैठकर उसने चेहरा दोनों हाथों से ढाँप लिया और सिसकने लगी। वही सिसकी सुनकर मिनी भीतर आ गई। चंपा की पीठ पर

हाथ फेरकर, वह फिर उसे फटकारने लगी, ''रियली, डॉ. जोशी, आप क्या भूल गईं कि आप डॉक्टर हैं! छिः-छिः, मरीज़ के सामने भला कभी डॉक्टर रोता है!'' हँस-हँसकर वह उसके चेहरे से हाथ हटाने लगी। खिसियाकर स्वयं ही चंपा ने अपने सफेद शॉर्ट कोट की जेब से रूमाल निकालकर आँखें पोंछ लीं।

''तुझे तो आज मेरी एक्सरे रिपोर्ट मिली, चंपा! मुझे बहुत पहले ही मिल गई थी।'' भगवती ने हँसकर उसका हाथ थपथपा दिया, ''जिस दिन जुही गई, उस दिन खाँसी के साथ खून का बड़ा-सा थक्का निकला और मैं समझ गई। तू चिन्ता क्यों करती है, छुट्टी लेकर मुझे भवाली पहुँचा आ। वैसे भी अब मेरा यहाँ रहना ठीक नहीं है। मिनी तो यहाँ है ही, क्यो है न मिनी?''

''और कहाँ जाऊँगी, ममी?''

''तब ठीक है, मैं निश्चिन्त रहूँगी कि चंपा अकेली नहीं है।'' भगवती ने हँसकर कनखियों से चंपा को देखा। अभी भी उसका उदास चेहरा आँसुओं में डूबा था। भीतर-ही-भीतर भगवती का कलेजा जैसे कोई मसोसे दे रहा था। उसने कभी भी अपनी इस गम्भीर पुत्री को ऐसे फूट-फूटकर रोते नहीं देखा था। पिता की आकस्मिक मृत्यु में भी, वह आँसुओं को आँखों-ही-आँखों में घुटकती, बिलख रही माँ को ही सँभालती रही।

''डॉ. जोशी, आज तो आपका ऑपरेशन डे भी है न, चलेंगी नहीं?'' बुद्धिमती मिनी उसे अपने साथ अस्पताल लेती गई, तो भगवती ने निश्चिन्त होकर आँखें बन्द कर लीं। जिस दिन उस लड़की का ऑपरेशन डे रहता था, उस दिन उसे फिर क्या खाने-पीने की भी चिन्ता रह जाती थी? कम-से-कम कुछ घंटों तक तो वह अब उसकी बीमारी की चिन्ता में, अकारण ही नहीं घुलेगी।

दूसरे ही दिन से भगवती ने अपने सेनेटोरियम प्रस्थान की तैयारियाँ आरम्भ कर दीं। कभी-कभी वह पैकिंग करती-करती, गहरी उदासी में डूब जाती। इतनी दूर, उस जंगल में, वह चंपा को अकेली छोड़कर जा रही थी, और स्वयं अपने एकान्तवास से, उस परिचित परिवेश में भागने का उत्साह उसे प्रफुल्लित कर रहा था। अपने इसी स्वार्थ की अभिज्ञता से उसका चित्त सहसा खिन्न हो उठता और वह बड़ी देर तक इधर-उधर फैली साड़ियों और गर्म कपड़ों के बीच घंटों हाथ पर हाथ धरे बैठी ही रह जाती। उस दिन भी

वह अधूरी पैकिंग के बीच सोच-विचार में डूबी चुपचाप बैठी थी कि किसी की कार का शब्द सुनकर चौंककर उठ गई। चंपा क्या आज जल्दी ही अस्पताल से लौट आई थी?

"माँ, बड़े साहब की गाड़ी आई है, शायद मेमसाहब आपको देखने आई हैं।" चाँदमनी ने खिड़की से झाँककर सेनगुप्त की लिमोसीन को पहचान लिया था। भगवती फैले कपड़ों को समेट भी नहीं पाई थी कि मुस्कराती कमलेश्वरी द्वार पर खड़ी हो गई।

"नमस्कार मिसेज़ जोशी, आप ही हमारी डॉ. जोशी की माँ हैं न? आज ही मेरे पति ने बतलाया कि डॉ. जोशी अपनी माँ को पहुँचाने पहाड़ जा रही हैं। सोचा आपसे मिल आऊँ।"

"बड़ी कृपा की, बैठिए।" भगवती उस मेम-सी गोरी महिला के अंग-प्रत्यंग पर झिलमिलाते गहनों को ही देखती रह गई।

"मैं मिसेज़ सेनगुप्त हूँ। मेरे ही पति के अस्पताल में आपकी पुत्री काम करती हैं, कुछ ही समय में बहुत प्रसिद्ध हो गई हैं डॉ. जोशी।"

वह हँस-हँसकर कहने लगी, "कहते हैं, सर्जरी में बहुत साफ हाथ है उनका। फिर यश भी तो होता है किसी-किसी के हाथ में।"

"यह सब आप लोगों का स्नेह है।" भगवती अब भी उस सजी-धजी दबंग महिला को एकटक देख रही थी। पहनावा था एकदम बंगाली, चौड़े ज़री पाड़ की टांगाइल साड़ी के आँचल से बँधा चाँदी का भारी गुच्छा पीठ पर झूल रहा था। सिर ढका होने पर भी फूला आँचल, बृहत् जूड़े के आकार का स्पष्ट परिचय दे रहा था। गोल गाल, बाँह में सोने की सर्पमुखी अनन्त था और गौर कलाइयों में बऊटी, गले में लटकी भारी दुहरी चेन नाभि स्पर्श कर रही थी

"ए लड़की!" कमलेश्वरी ने हाथ के इशारे से चाँदमनी को बुलाया, "कार में फलों की टोकरी रखी है, लाकर यहाँ रख दे। आपके लिए थोड़े-से फल लाई हूँ, मिसेज़ जोशी।" वह हँसी, तो अचानक ही स्मृतिगह्वर से, भगवती का कंठ अवरुद्ध हो गया। ठीक जुही की-सी हँसी थी इस महिला की।

"मैं तो आपसे केवल एक नम्र निवेदन करने आई थी मिसेज जोशी," कमलेश्वरी दोनों हाथ जोड़कर भगवती के सम्मुख नत हुई, तो वह संकोच में गड़ गई, "आप चंपा की चिन्ता मत करें। क्षमा कीजिए, मेरी पुत्री की ही वयस की है इसी से मैं भी उसे चंपा कहने लगी हूँ। कभी भी आप यह

मत सोचिएगा कि आप अपनी बेटी को किसी अनजान बस्ती में छोड़ आई हैं। पाँच-सात ही दिन के परिचय ने, आपकी बेटी को भी जैसी मेरी सगी बेटी बना दिया है। एक तो रूप कैसा है, आहा, नयन जुड़ा जाते हैं देखकर, उस पर स्वभाव भी एकदम ठंडा। सचमुच ही रत्नगर्भा हैं आप।''

''आपकी कृपा है, मिसेज़ सेनगुप्त,'' भगवती का गला भर आया, ''आपने ठीक ही सोचा था, अपनी बीमारी से अधिक चिन्ता तो मुझे उसी की है। वह लड़की, कभी किसी से मुँह खोलकर कुछ नहीं कहती। मैं बिस्तर पर पड़ी भी रहती थी, तब भी उसके रात-आधी रात को अस्पताल से लौटने पर उसका खाना-पीना देख लेती थी। अब मैं नहीं रहूँगी, तो पता नहीं लड़की अपनी कैसी गति बना लेगी!''

''आपको मेरे रहते कोई चिन्ता नहीं करनी होगी बहन, मेरी इतनी बड़ी कोठी है। ईश्वर-कृपा से सीखे-पढ़े पुराने नौकर हैं कभी-कभी मेरी लड़की मयूरी आ जाती है, फिर वह भी चली जाती है। उतनी बड़ी कोठी में मैं एकदम अकेली रह जाती हूँ। शायद इसी से भगवान ने आपकी पुत्री को इस अरण्य में भेज दिया है। आपको पहाड़ पहुँचाकर, चंपा मेरी कोठी में आ जाएगी। उसे हम पलकों में बिठाकर रखेंगे, मिसेज़ जोशी! अब मुझ आज्ञा दें, अभी एक आत्मीय के यहाँ विवाह भोज में सम्मिलित होने जाना है।''

भगवती उसे विदा देने जाने लगी, तो कमलेश्वरी ने हाथ पकड़कर कुर्सी पर बिठा दिया, ''नहीं, नहीं, आप बैठिए, मैं फिर आऊँगी।''

कमलेश्वरी के स्नेहपूर्ण आश्वासन ने भगवती को सचमुच ही प्रभावित कर दिया था, किन्तु चंपा को उसका प्रस्ताव उत्साहित नहीं कर पाया, यह चतुरा भगवती ने भाँप लिया। जाने से पूर्व वह बार-बार मिनी से अपना बँगला बन्द कर चंपा के साथ ही रहने का अनुरोध दुहरा गई थी।

भवाली पहुँचते ही भगवती का चेहरा उतर गया। सेनेटोरियम की चढ़ाई चढ़ती-चढ़ती वह बार-बार मुड़कर अतिथि-गृह को देखती जा रही थी। मायके के कितने ही विस्मृत चेहरों की स्मृति उसे रह-रहकर उदास कर रही थी। अन्तिम बार वह अपनी छोटी बहन को यहाँ पहुँचाने आई थी। एकदम जुही का ही नक्शा था चन्द्रिका का। वैसे ही चुलबुली, हँसमुख और मुँहफट थी चन्द्रिका। केवल सम्बन्ध, कुलगोत्र देखकर ही पिता ने अपनी उस सुन्दरी

सातवीं पुत्री का विवाह एक दरिद्र ब्राह्मण से कर दिया था। सींक-से दुबले, खाँसते-खाँसते दुहरे हो रहे जामाता के पैर पूजने को झुके श्वसुर, फिर वहीं पर गश खाकर गिर पड़े थे। किसी ने उनसे कह दिया था कि उनका दामाद सेनेटोरियम से तीन दिन की छुट्टी लेकर ही सेहरा बँधाने नैनीताल आया था। फिर भी हृदय पर पत्थर रखकर उन्होंने कन्यादान कर दिया। कुमाऊँ के किस आत्मसम्मानी ब्राह्मण के द्वार से भला आज तक बिना दूसरी डोली लिए बारात लौटी थी? चन्द्रिका का पति तो हनीमून को अधूरा छोड़ ही चल बसा। पर जाते-जाते, नई-नवेली दुल्हन को भी अपने घातक रोग की छूत दे गया। चन्द्रिका के यक्ष्मा की अस्वाभाविक लालिमा में रँगे रामगढ़ी सेब-से कपोलों की स्मृति भगवती की आँखें गीली कर गई। कहीं उस पर भी इस रोग ने छोटी बहन की ही भाँति औदार्य की दृष्टि फेरी, तो क्या चंपा को उतनी दूर कोई खबर दी जा सकेगी?

"चंपा," उसने उद्विग्न होकर चंपा की बाँह पकड़कर कहा था, "मैं तो सोचती हूँ, तू जाने से पहले, एक बार अपने मामा को फोन पर हमारे भवाली आने की खबर दे दे। उसके दफ्तर का नम्बर मेरे पास लिखा है। एक न एक दिन तो वह सुन ही लेगा। तू ही सोच बेटी, वह क्या कहेगा! चाहे कैसा ही है, है तो सगा भाई।"

बड़ी अनिच्छा से ही चंपा ने मामा को फोन किया था। मामी का दुर्व्यवहार वह अभी भी नहीं भूली थी; फिर मामा को फोन करने का अर्थ है, रुक्की बुआ को सूचित करना और बुआ को सूचित किए जाने पर उसका अरण्यवास, फिर अरण्यवास नहीं रह जाएगा। उसका अनुमान ठीक था। खबर पाते ही दूसरे दिन मामा ही नहीं आए, रुक्की बुआ भी आ गईं।

आत्मीय स्वजनों को देखकर भगवती सहसा अपने रोग की व्यथा भूल गई। भाई को देखते ही वह भाभी का दुर्व्यवहार भूल-भाल एक-एक कर सब बच्चों की कुशल पूछने लगी। बिट्टन का दमा कैसा है? लीला का कान क्या अभी भी बहता है? बैठक की छत की मरम्मत करवाई या नहीं?

"मायके के निर्जीव छत-खपरैलों की तो ऐसी कुशल पूछी जा रही है, क्यों बोज्यू, इन ननद का भी कभी ध्यान आया था क्या?"

रुक्की के तीखे व्यंग्य से सहसा भगवती सकपका गई, "कैसी बातें

करती हो जी तुम, हर पल तो तुम सबको याद करती रहती थी। वैसे चंपा की नौकरी ने मुझे अब तक मखमल की सेज पर ही लिटाकर रखा था।''

''अच्छा!'' रुक्की ने अपनी कुर्सी और नज़दीक खिसका ली।

ननद के कौतूहल से प्रोत्साहित होकर भगवती तकिया लगाकर बैठ गई और उसे बताने लगी कि चंपा को कैसा ऊँचा वेतन मिलता है। कार, बँगला और नौकरानी आदि की कैसी-कैसी सुविधाएँ हैं। तब ही सहसा रुक्की ने तुरुप लगा दी, ''अच्छा बोज्यू, छोटी बेटी और दामाद भी क्या तुम्हारे ही साथ हैं?''

भगवती का चेहरा सफेद पड़ गया। चंपा के जी में आया, वह कन्धे पकड़कर बुआ को कमरे से बाहर धकेल दे। भगवती की तकिया, स्वयं ही नीचा कर उसने उसे लिटा दिया और बिना बुआ की ओर देखे ही, रूखे स्वर में कहने लगी, ''बस, यही तुम्हारी बुरी आदत है ममी, ज़रा बुखार हल्का हुआ कि बोलती ही चली जाती हो। अब तुम एकदम बातें नहीं करोगी। बुआ और मामाजी के रहने का प्रबन्ध मैंने 'टूरिस्ट होम' में करवा दिया है। तुम आराम से सो जाओ।''

''नहीं भानजी, मैं तो आज ही लौट जाऊँगा, कल एक ज़रूरी मीटिंग है बड़े साहब के यहाँ। फिर इतवार को आ जाऊँगा। तू कब तक रहेगी?''

''मैं भी दो-तीन दिन में चली जाऊँगी, मामाजी। कल नैनीताल जाकर कुछ दवाएँ, इंजेक्शन लाकर ममी के लिए रखनी हैं। फिर एक बार जाकर तो उतनी दूर से सहज में आना सम्भव नहीं होगा।''

''क्यों, कहाँ जाना है री तुझे?'' अपमानित होने पर भी रुक्की अपना कौतूहल दबा नहीं पा रही थी।

''बहुत दूर!'' चंपा हँसी और उन मोती-से दाँतों की उज्जवल हँसी की झलक देखकर रुक्की सहसा घबड़ा गई। कहीं यह छोकरी इसी बीच मामी से मिलने अल्मोड़ा चली गई, तो यही आकर्षक हँसी अब भी उस सिरफिरे को बाँध सकती थी। अभी भी तो उसने अपनी दूसरी सगाई का समर्थन नहीं किया था। चंपा की सगाई टूटते ही एकसाथ कई कन्या-दाय-ग्रस्त पिताओं ने रामदत्तजी का घेराव कर दिया था। किन्तु इस बार रामदत्तजी स्वयं देखी-सुनी कन्या को ही बहू बनाकर घर लाने का संकल्प कर चुके थे। पुत्र को भी उन्होंने इसी आशय से पत्र लिख दिया था। जिस गृह की एक पुत्री अपने मुसलमान प्रेमी के साथ भाग गई थी, उस गृह की मर्यादा

कैसी है, इसका पता लगाने उन्हें अब कहीं दूर नहीं जाना पड़ेगा। अच्छा ही हुआ कि सर्वनाश होने से पहले ही भगवान ने उन्हें बचा लिया। पुत्र का कोई भी उत्तर नहीं आया, फिर भी उन्होंने अपना निश्चय लेने में विलम्ब नहीं किया। टीका उन्होंने कन्या-पक्ष को खोटे सिक्के-सा ही निस्संकोच लौटा दिया था, किन्तु अब चिन्ता थी, पुत्र के लिए दूसरी सुयोग्य पात्री के संधान की। कुंडलियों का तो उनके यहाँ इधर अंबार लग गया था, किन्तु उनमें से अधिकांश ऐसी साधारण रूप-रंग की कन्याओं की कुंडलियाँ थीं, जिन्हें उनका पुत्र चंपा को देखने के पश्चात् कभी भी पसन्द नहीं कर सकता था। भवभूति की पंक्तियाँ कुछ दिन पूर्व ही तो पढ़ाई थीं रामदत्तजी ने अपने छात्रों को—"संसार में चन्द्रकला के अतिरिक्त और भी अनेक विजयिनी वस्तुएँ हैं, जो मधुर हैं और हृदय को आनन्दित करती हैं, परन्तु जब विलोचन-चन्द्रिका मेरी दृष्टि में आई, मेरे जीवन का महोत्सव तभी हुआ। ऐसे महोत्सव रचनेवाली को भला कौन भूलेगा! बेचारे माधव का क्या अपराध था! वह तो यहाँ-वहाँ, आगे-पीछे, बाहर-भीतर, दस दिशाओं में मालती को ही देखने लगा।"

रामदत्तजी के पास जिन मालतियों की कुंडलियाँ आई थीं, उनमें से किसी की स्वामिनी की मुखश्री को उसके तीन विषयों में किए गए एम.ए. की डिग्री ने छीन लिया था। किसी की सुवर्ण देह-कान्ति को बी.-एड. के कठोर परिश्रम ने झाड़ू लेकर बुहार दिया था। कोई किसी पुत्रहीन गृह की बड़ी पुत्री होने के नाते अवकाश प्राप्त पिता का स्थान ग्रहण कर पूरे परिवार को पालती, पहाड़ी छत पर सूख-सूखकर कड़ी पड़ गई, पहाड़ी करड़ी ककड़ी-सी ही कर्री पड़ गई थी। उनमें से एक को भी उनका पुत्र पसन्द कर पाएगा, ऐसी आशा रामदत्तजी को नहीं थी। एक ही लड़की उनकी दृष्टि में ऐसी थी, जो मधुकर की पारखी दृष्टि को अब भी बाँध सकती थी, वह थी रुक्की की पुत्री जया। जैसा ही रंग-रूप था, वैसे ही ग्रह। उसके लाभ-भवन में स्थित चन्द्रमा को देखकर ही रामदत्तजी गद्‌गद हो गए थे। वैसे जया की कुंडली रुक्की ने स्वयं नहीं भिजवाई थी, उनकी पत्नी ही एक दिन जाकर माँग लाई थी। "यह विवाह कैसे हो सकता है," रुक्की ने कहा था, "मधुकर तो मुझे मामी कहता है!"

"तो क्या हो गया, मामी कहने से ही क्या तुम उसकी मामी हो गई?" हँसकर रामदत्तजी की पत्नी उसे मना-मनूकर कुंडली ले ही आई थीं। रामदत्तजी से वाग्दान ले, निश्चिन्त होकर ही रुक्की भगवती को देखने चली आई थी,

किन्तु आज वह अपनी सुन्दरी भतीजी को देखकर अपनी सब निश्चिन्तता बिसर गई। हृदय में लगे अदृश्य आघात ने ही क्या अभागी को और भी आकर्षक, और भी मोहक बना दिया था? न चेहरे पर कठोरता थी, न क्रोध, फिर भी लड़की आँखें उठाकर रुक्की की ओर देखती, तो लगता अदृश्य लपटें निकल रही हैं। लगता था, हृदय में जल रही अलक्षित अग्नि का धुआँ उस चेहरे को और भी भव्य बना गया है, और भी तेजोमय! रुक्की उसे अपने सौभाग्य-प्रकरण का सूत्र थमाने ही उतनी दूर आई थी। किन्तु सहसा उसके आनन्द का मद स्वयं ही कपूर के धुएँ-सा विलीन हो गया। पश्चात्ताप और क्षोभ की अनिश्चित स्थिति में वह वहाँ से भाग जाने को छटपटा उठी। ''मैं भी तेरे मामा के साथ ही अल्मोड़ा लौट जाऊँगी चंपा, जया अकेली है।'' उसने भाभी को सुनाने को कंठ-स्वर कुछ तीखा बना लिया। पर भगवती ने जैसे कुछ सुना ही नहीं। न उसने ननद से एक दिन रुकने का आग्रह किया, न विदा देने का ही आभास दिया। वह भाई के चेहरे से चेहरा सटा, फुस-फुसाकर चलते-चलते भी उसे न जाने कैसी-कैसी हिदायतें दे रही थी। अचानक ही वितृष्णा से रुक्की का हृदय भर आया। पूर्वस्मृतियों ने उसके चित्त को एक बार फिर विद्रोही बना दिया। जो भाभी कभी उसकी बाल्यसखी थी, वही आज कितनी पराई बन गई थी! पति क्या गया कि ससुराल से उसका रिश्ता ही टूट गया! जिस भाभी ने उससे अपनी पुत्री की कलंक-गाथा कभी बड़े छल-बल से छिपा ली थी, उसके वाग्दत्त जामाता को यदि आज रुक्की ने स्वयं हथिया लिया, तो क्या उसका अपराध अक्षम्य था?

कभी भाभी के इसी चमगादड़-से भाई ने रुक्की को कैसी-कैसी बातें सुनाई थीं। यह ठीक था कि रुक्की के श्वसुर रसिक प्रकृत्ति के जीव थे, किन्तु उन दिनों तो कुमाऊँ में रेडलाइट एरिया की मिस्ट्रेस रखना किसी भी समृद्ध व्यक्ति की समृद्धि का प्रतीक था। उसके कर्म-कांडी श्वसुर की मिस्ट्रेस थीं, कुमाऊँ की अपूर्व नृत्यांगना, राधारानी। रामगढ़ के प्रसिद्ध नैकग्राम से ही वह अद्वितीया स्वर-लय-नटिनी, अपनी माँ के साथ अल्मोड़ा की उस कुख्यात तंग गली में रहने चली आई थी। रुक्की के श्वसुर ने ही अपनी उस नवीन प्रेयसी का नाम धरा था रामकटोरी। कभी भी उनके गृह में कोई तीज-त्यौहार, विवाह-मुंडन होता, तो डोली में किसी कुलवधू की ही गरिमा से मंडिता रामकटोरी अवश्य पधारती। चेहरे से भी बड़ी नथ का कुन्दनिया लटकन

सँभालती वह आँगन में उतरती, तो चन्द्रानन पर एंबाली के चिकनिया पिछौड़े का घूँघट तना रहता, विवाहिता सौत दासी की विनम्रता से हाथ बाँधे खड़ी हो जाती। एक दिन, रुक्की के श्वसुर श्रीधर कहीं से भारतेन्दु की मल्लिका की तस्वीर से उसकी लेस लगी कुरती का नमूना लेकर अल्मोड़ा के प्रख्यात टेलर मास्टर गुसाईं के पास पहुँचे। जैसे भी हो, ठीक उसी नमूने की एक कुरती उनकी प्राणप्रिया मल्लिका के लिए भी सिलनी होगी। बाँहों में झालरों की मोहक चुन्नटों के बीच पतली-पतली प्लीटें, बीच-बीच में फ्रेंच लेस की महीन तुरपन और कमर में इलास्टिक का ऐसा बन्धन, जो कनक-कलशों की भव्य गढ़न को और भी निखारकर रख दे।

गुसाईं की सुई क्या कभी हार मान सकती थी! उसने भी फिर उस ऐतिहासिक कुरती की सिलाई में सुई तोड़कर रख दी थी। बढ़िया सत्रह रुपए गजी किरकिटी फलालैन की कुरती सिलकर, गुसाईं ने श्रीधर को थमाई तो वे झूम उठे। रंगीन रेशमी रूमाल में तोहफा बाँधकर, उन्होंने सिरहाने छिपा लिया। दूसरे दिन दफ्तर से लौटे, मूँछों को कस्तूरी की सुगन्ध से सँवार, तोहफा निकालने को हाथ डाला तो कलेजा धक-धक कर उठा। वहाँ तो कुछ भी नहीं था। पहली तलाशी उन्होंने पत्नी की ली थी। क्या पता सौतिया डाह से प्रेरित हो उसी ने कुरती चुराकर कहीं छिपा ली हो! एक-दो लात घूँसे जमाने पर भी वह सिसकती कहती रही, "सुहाग की सौगन्ध, मैंने कुरती देखी भी नहीं।" वह धर्मपरायणा, पतिव्रता कभी सोहाग की झूठी कसमें नहीं खा सकती, इतना श्रीधर भी जानते थे। फिर घर-भर के नौकर-नौकरानियों की शामत आई, किन्तु कुरती जैसे पर लगाकर कहीं उड़ गई थी। अवसन्न, खिन्न चित्त होकर श्रीधर प्रेयसी के दरबार में पहुँचे।

"क्या बताऊँ रामकटोरी," उन्होंने रुआँसे स्वर में कहा, "तेरे लिए ऐसी बढ़िया कुरती सिलाई थी, पर पता नहीं कौन साला चुरा ले गया।"

रामकटोरी फिर से हँस पड़ी थी, "अरे बाब सैब,[1] वह तो मुझे मिल गई।"

"तुझे मिल गई? कौन दे गया तुझे?"

"राजी लला! वे तो कल रात ही दे गए थे मुझे।"

श्रीधर फिर वहीं पर धम्म से बैठ गए थे। राजी लला! तब क्या उनका

---

1. बाबू साहब

गबरू जवान छोटा बेटा राजेन्द्र भी यहाँ आने लगा था, वह भी रात को?

उस दिन से फिर श्रीधर घर नहीं लौटे। कोई कभी आकर कहता, उसने उन्हें ऋषिकेश में किसी नागा जोगियों की जमात में नंग-धड़ँग चीमटा बजाकर नाचते देखा है। कोई उन्हें बदरीनाथ की किसी चट्टी में उसी दिगम्बर वेश में देखे जाने की कसमें खाता था। इसी से रुक्की की पतिव्रता सास कंठ का मंगलसूत्र पहनकर ही चिता चढ़ी थीं। मृत्यु से कुछ घंटे पूर्व उन्होंने एक विचित्र फरमाइश कर कठोर हृदया सौत को भी रुला दिया था।

सिर से पैर तक आभूषणों से झिलमिलाती रामकटोरी बन्द डोली में बैठ सौत को अन्तिम विदाई देने आई तो उसने उसका हाथ पकड़कर कहा था, ''बहन, जिस कुरती ने मेरा सुहाग छीना, तुम्हारी पैर पड़ती हूँ, वह मुझे दे दो, छाती पर जब तक उसे नहीं रखूँगी, मेरे प्राण नहीं छूटेंगे।''

सचमुच ही, कठिन रोग की यन्त्रणा में छटपटाने पर भी उस अभागी के प्राण नहीं छूट रहे थे। पहाड़ी परम्परा का अचूक टोटका भी अज़माया जा चुका था, क्षीण साँसों से काँपती छाती पर थाली धर, आटे के पाँच पिंड भी बाँध दिए गए थे। नाड़ी छूट गई, पर प्राण फिर भी न जाने किस अतृप्त तृष्णा के डोरे में उलझकर अटक गए थे। रामकटोरी आँखें पोंछती उठी और उसी डोली में उलटे पैरों लौट कुरती ले गई। रुक्की का वही छोटा देवर, फिर जापान भाग गया और कभी नहीं लौटा।

भगवती के इसी भाई ने रुक्की से एक दिन किसी विवाह-भोज की भरी पंगत में कह दिया था, ''क्यों जी, आपकी ससुराल में सुना, ज़नानी कुरतियों की बड़ी अच्छी-अच्छी डिजाइन का कैटलॉग धरा है! एक-दो दिन के लिए देंगी क्या? एक कुरती हम भी अपनी घरवाली के लिए सिलवा लेंगे।''

पूरी पंगत में जैसे हँसी की फुलझरी बिखर गई थी। अल्मोड़ा शहर की यही तो विशेषता थी। एक सिरे से लेकर दूसरे सिरे तक फैली पूरी आबादी के बीच शहर का एक ऐसा विराट् हृदय धड़कता था, जिसे पल-पल अपने शरीर के एक-एक अंग की सही जानकारी रहती थी। कब किस अंग में विकार उपजा था, कब उसे काटकर उसने दूर फेंक दिया। उसके किस घाव का कैसा इतिहास था, सबका लेखा-जोखा वहाँ के अधिकांश नागरिकों को कंठस्थ था। वर्षों पूर्व, अल्मोड़ा रंगमंच पर अभिनीत रुक्की के श्वसुर के प्रणय नाटक को लोग अभी भी नहीं भूले थे। रुक्की की गर्दन लज्जा से झुक गई थी। उस दिन भरी सभा में सगी भाभी के भाई ने दुःशासन बनकर

उसका चीर खींचकर उसे अपदस्थ कर दिया था, उसका प्रतिशोध वह आज जी भरकर ले सकती थी। उसकी आँखें उसी अनिर्वाच्य द्वेष से चमक उठीं। मोटे अधरों पर भयंकर तिरस्कार की छाप स्पष्ट हो उठी, उसका विद्रोही चित्त क्रोध और तिरस्कार की आग में भाई-बहन-भतीजी को एक साथ भस्म करने के लिए तिलमिला उठा।

सहसा पाँच का एक नोट चंपा की मुट्ठी में थमाकर, ठीक उसकी छाती पर अपनी हँसी का तमंचा तानकर, गोली दागने में फिर उसने विलम्ब नहीं यिा। "अरे हाँ, मैं तो भूल ही गई थी, इसी वसन्त पंचमी को हमने जया का रिश्ता भी पक्का कर दिया है।"

"किससे?" चंपा की निष्कपट आँखों की चावनी ने सहसा रुक्की के समस्त आयुध गिरा दिए।

एक पल को वह सकपका गई, फिर उसने भाभी की ओर दृष्टि फेरी, वह अभी भी अपने उस अकर्मण्य भाई की मूंडी से मूंडी सटाए, न जाने क्या फुसफसा रही थी। इतनी देर से आई ननद की उस महत्त्वपूर्ण घोषणा को या तो उसने सुना ही नहीं था या फिर सुने का अनसुना कर दिया था। कंठ-स्वर को आवश्यकता से कुछ अधिक ही तीखा कर, रुक्की ने फिर अपने प्रश्नधनु की डोरी कान तक खींच ली।

"मधुकर से।"

एक क्षण को चंपा का चेहरा सफेद पड़ गया।

भाई से बातें कर रही भगवती ने बिजली की गति से तड़पकर पूछा लिया, "किस मधुकर से?"

"मधुकर क्या अल्मोड़ा शहर में दस-पाँच जन्मे हैं, बोज्यू?" रुक्की की हँसी जैसे विष बुझा तीर थी। मुँह से छूटते ही उसकी फाल घुप से भगवती के हृदय में चुभकर उसका चेहरा विषण्ण बना गई।

"रामदत्तजी का लड़का मधुकर डॉक्टर। खुद ही माँगकर कुंडली ले गए थे, साध्य हुआ और हमने तो भाई चटपट टीका चढ़ाकर गंगा नहा ली। अरे, देखो तो मेरी बुद्धि, तुम्हारे पैर छूना भी भूली जा रही थी।"

वह लौटकर भगवती के पैरों में झुकी तो उसने पैर समेट लिए। चंपा अब भी वैसी ही खड़ी थी।

"अच्छा चलूँ, बेटी," रुक्की ने खिसियाई हँसी हँसकर उसकी पीठ पर हाथ धरा। पर वह पीछे हट गई, "पता तो तू देती नहीं, तेरी माँ को ही

तेरे हिस्से का निमन्त्रण भी दे जाऊँगी, वही भेज देंगी। जुही को तो मैं चाहने पर भी नहीं न्यौता दे पाऊँगी, बोज्यू।" चलते-चलते वह दूसरी गोली का सधा निशाना लगाना भी नहीं भूली। यदि एक ही गोली ने काम तमाम न किया हो, तो निश्चय ही यह दूसरा अचूक निशाना माँ-बेटी को एक साथ ही धराशायी कर देगा।

बुआ के जाने के पश्चात् भगवती चुपचाप दीवार की ओर मुँह फेरकर लेट गई थी। चंपा नैनीताल से लौटी तो वह उसी मुद्रा में, वैसी ही पड़ी थी। बुआ के व्यवहार ने उसे कितना क्षुब्ध किया था, वह जानती थी। दूसरे दिन बैंक में माँ के नाम का एकाउंट खोल उसकी छोटी-मोटी आवश्यकताओं का पूरा प्रबन्ध कर चंपा अपनी नौकरी पर वापस जाने लगी तो भगवती ने उसे हँसकर ही विदा दी थी। किन्तु चंपा समझ गई थी कि उस हँसी के पीछे उससे छिप-छिपकर बहाए गए कितने ही आँसुओं की घनीभूत पीड़ा दबी थी।

अल्मोड़ा की बस में बैठी रुक्की बार-बार अपने अविवेकी चित्त को कोस रही थी। बड़ी आई भाभी की तबीयत का हाल पूछने! क्या हुआ, आखिर भाभी ने मुँह में झाड़ू ही तो मार दिया! ठीक ही कहा था जया के बाबू ने! "और जो भी कहना रुक्की, कहीं जया की सगाई की बात मत उगल आना। जैसा तुम माँ-बेटियों का स्वभाव है, पेट में पानी भी नहीं पचता। जिस सुपात्र से कभी उनकी पुत्री की सगाई हुई थी, उसी को अब तुमने अपना दामाद बनाने का निश्चय किया है, यह सुनकर वे कभी प्रसन्न नहीं होंगी, समझीं?" खूब समझती थी रुक्की, इसी से तो मौके से पलस्तर थोप आई थी। सामने की सीट पर बैठे चंपा के मामा के कान के पास मुँह सटाकर एक बात पूछने वह बार-बार ललक उठी थी, "क्यों भाई साहब, कहिए तो घर पहुँचते ही कुरती का कैटलॉग भेज दूँ!" पर फिर बेचारे का मैल से पांडुजीर्ण कुरते का कॉलर देखकर उसे तरस आ गया था।

सचमुच ही कैसी मूर्ख थी वह! द्वार पर ही बहते मीठे चश्मे के पानी को भूल वह प्यासी ही इधर-उधर भटक रही थी। मधुकर के रिश्ते की बात उसके दिमाग में पहले शायद इसलिए भी नहीं आई थी कि जया बहुत छोटी थी। अचानक ही छोकरी जैसे छलाँग लगाकर जवान हो गई थी। जिस दिन मधुकर डॉक्टर की माँ पुत्र के लिए उसकी कुंडली माँगने आईं, उस दिन

जया, अपने घर की ढालू छत पर बैठी बाल सुखा रही थी। मधुकर का नाम सुनते ही उसकी आँखों में अनोखी चमक आ गई थी।

"मुझे ही नहीं धुलैंणी, हमारे बुड़ज्यू को भी तेरी लड़की बहुत पसन्द है। वैसे तो बीसियों कुंडलियाँ आई पड़ी हैं।" जिस दिन चंपा दी से मधुकर की सगाई हुई, उस दिन उसे भी साली का नेग मिला था। घर आते ही जया ने उस चाँदी के दो रुपयों को खिड़की से झनकाकर दूर फेंक दिया था। और रज़ाई में मुँह छिपाकर आधी रात तक सुबकती रही थी। डॉक्टर मधुकर जब भी छुट्टियों में घर आता, वह जान-बूझकर बीमार पड़ जाती। कभी पेट में काल्पनिक दर्द के बहाने और कभी बनावटी सिरदर्द की विकट यन्त्रणा से छटपटाने का अपूर्व अभिनय कर, वह माँ को बड़ी रात बीते मधुकर को बुलाने भेज देती। जब मधुकर आधी नींद से उठकर उसे देखने आता, तो उसकी चौड़ी हथेली का स्पर्श अपने नरम-नरम गोरे पेट पर पाते ही वह आँखें बन्द कर थर-थर पत्ते-सी काँपने लगती। "क्यों री, क्या हो गया है तुझे, कहाँ है दर्द? क्या मामी से छिपाकर कहीं गोल-गप्पे खा आई है या बेदा होटल की टिकियाँ? क्यों री जयुली, बोलती क्यों नहीं?"

डॉक्टर मधुकर उसे हँस-हँसकर ऐसे छेड़ने लगता, जैसे वह अब भी स्कर्ट पहने स्कूल जानेवाली आठ साल की जया हो। उसका क्रोध अनोखी व्रीड़ा में पिघलकर उसके पीताभ कपोलों पर बिखर जाता। उसकी दृष्टि में क्या वह सदा बच्ची ही बनी रहेगी? फिर एक दिन अचानक सुना कि डॉक्टर मधुकर उसके मामा की लड़की को देखने लखनऊ गया है। और स्वयं उसकी माँ ही उसे दिखाने ले गई है। हाय, कैसी मूर्खा थी वह! लज्जा-संकोच त्याग, यदि उसने माँ से पहले ही सब कुछ कह दिया होता, तो क्या वह अपनी सगी लड़की के लिए ही रिश्ता माँगने नहीं जाती?

और फिर जब एक दिन उसे कॉलेज में ही चंपा दी की सगाई टूटने का समाचार मिला, तो वह भागकर जाखन देवी के वरदायी मन्दिर में घृत-जोत जला आई थी। इसी मन्दिर ने न जाने कितने बिछुड़े हृदयों को अपनी दिव्य शक्ति से कई बार फिर मिला दिया था। आज उसी देवी की कृपा से मधुकर की माँ उसकी कुंडली माँगने स्वयं उसके घर आ गई थी।

अधसुखाई केशराशि को पीठ पर ही फैलाए, वह छत की नुकीली मुँडेर पर गौरैया-सी फुदकती, माँ और उसकी भावी समधिन की बातें सुनने लगी

थी। ''आज ही मुझे कुंडली दे दे, धुलैंणी।'' मधुकर की माँ कह रही थी, ''आज अच्छा दिन है, हमारे बुड़ज्यू तो साइत देखे बिना, छींकते भी नहीं हैं।'' फिर मधुकर-जननी के गोरे हाथों ने लपककर रुक्की के हाथ से उसकी कुंडली थाम ली तो आनन्दविभोर होकर जया लगभग नीचे लुढ़क ही गई थी। फिर उसी छत की दूसरी मुँडेर से धम्म ने से नीचे कूद, वह अपनी सखियों को शुभ समाचार सुनाने भाग गई थी। गोरी उजली जया वैसी ही थी, जैसी आमतौर पर पहाड़ की लड़कियाँ हुआ करती हैं। गत वर्ष उसे टायफायड हो गया था, इसी से एक बार गंजी होने का दुःसह दुःख भोग, अब वह काले घुँघराले बालों की स्वामिनी बन गई थी। दुबले-पतले शरीर के कैशोर्य की लुनाई स्वयं ही पिघलकर बह गई थी। शरीर भरकर निखर आया था, जैसी नैनीताल की झील में प्रतिबिम्बित कगार पर खड़े विलो वृक्षों की श्याम-हरित द्युति उसे अपनी स्निग्ध आभा से और भी मोहक बना देती है, ऐसी ही रेशमी पक्ष्मों की छाया उन चंचल पुतलियों को एक अनूठा मायाविनी आकर्षण प्रदान कर गई थी। देखते-देखते ही पलकें झुका लेती थी वह लड़की और उसकी वही मुद्रा देखनेवाली को बाँध लेती थी। गोरा रंग लपटें-सी मारता और पतली नाक पर नकली हीरे की चमक भी उसी रंग से घुलमिल जाती।

''अरी, तू तो एकदम नैनीताल की शाहनी लगती है री!'' रामदत्तजी की पत्नी ने हँसकर एक दिन कहा था, ''कौन कहेगा रुक्की, यह ब्राह्मणों की बिटिया है।''

''हाय, मैं मर गई बोज्यू'' रुक्की ने तुनककर कहा, ''क्या तुम कहना चाहती हो कि हम बामणियाँ सुन्दर नहीं होतीं! खुद अपना ही चेहरा देख लो न आईना उठाकर।''

भड़कीले-चटख-शोख रंगों के चूड़ीदार कुरते पर वह ओढ़नी को माँ के अनुशासन के कारण साड़ी के पल्लू की ही भाँति कायदे से ढाँप-ढूँपकर घर से बाहर निकलती। पर एक बार सड़क पर पहुँचते ही फिर वही ओढ़नी कन्धों पर पहुँच जाती। लड़कों की भीड़ के बीच अपने आकर्षक व्यक्तित्व पर प्रशंसा की छींटाकशी सुनना उसे बड़ा अच्छा लगता था। यही नहीं, बड़ी-बूढ़ियों की बैठक के बीच बैठ, वह उनकी चटपटी बातों को चूरन की पुड़िया बाँधकर घर ले आती, फिर उसी से अपनी कल्पना के मसाले मिला, इधर-उधर बाँटती फिरती। इसी से आए दिन महिलाओं का एक न एक

डेपुटेशन जया के आचरण के विरुद्ध शिकायत लेकर रुक्की के पास जुटता रहता।

"रुक्की, तुम्हारी लड़की ने आज कॉलेज में हमारी बिन्दी के लिए कह दिया कि वह नैनीताल डिग्री कॉलेज के किसी प्रोफेसर से शादी कर रही है। बित्ते-भर की छोकरी ऐसी बेसिर-पैर की बातें फैलाए, तो क्या तन-बदन में आग नहीं भभक जाती?" उसे मना-मुनूकर रुक्की घर भेजती तो कोई दूसरी आ जाती।

"क्यों जी रुक्की लली, तुम्हारी जया हमारे समधियाने में जाकर कह आई कि हमें दी गई तियल में उन्होंने 'झंत्योल' (टुच्चापन) की है। ऐसा हमने कहा है, उस पर सब साड़ियाँ साढ़े चार गज़ की हैं। मैं कहती हूँ, परसों तो बारात आई। हमने अभी तियल की साड़ियों की तह तक भी नहीं खोली, तुम्हारी यह लाड़ो कब बजाज बनकर साड़ियाँ नाप आई? पर यह तो जो भी हुआ, इसने तो हमारी नाक यह कहकर कटा दी कि हमने बहू के दहेज के बर्तनों में उठा-उठाकर पुरानी चिपकी चिटें पढ़ ली हैं। एक भी बर्तन नया नहीं है।"

इस बार रुक्की चुप रह गई थी, क्योंकि दोष जया का नहीं था। स्वयं उसी ने बड़ी-बड़ी परात, थाली को उठा, उनका दर्शन करा, पूरी महिला-मंडली का मनोरंजन किया था। कुछ ही महीनों पूर्व नई बहू के भाई का विवाह हुआ था, उसी दहेज़ के पुरानी चिपकी चिटों सहित पूरा दहेज उठा, मूर्खा गृह-स्वामिनी ने लड़के को दे दिया था। हड़बड़ी में शायद चिटें फाड़ना सब भूल गए थे। जया निश्चय ही यही सब कहीं उगल आई होगी।

"ठीक है, ठीक है, दीदी, मैं छोकरी के कान पकड़कर समझा दूँगी। अब कभी ऐसा नहीं करेगी। अभी बच्ची है, माफ कर दें।"

"कैसी बच्ची है, जी!" भीमकाया महिला ज्वलन्त ज्वालामुखी-सी ही आग उगलती लौट गई थी। "इस उम्र में हमारे तीन बच्चे हो गए थे, चौथा पेट में था और तुम कहती हो अभी बच्ची है।"

जया की कल्पना जन्म से ही पंख लगाकर उड़ती थी। अब वयस के साथ-साथ उस उड़ान में परिपक्वता आ गई थी। किस लड़की का किस लड़के से पत्र-व्यवहार चल रहा है, किसको वह कॉलेज बस से हृदयहीन पिता द्वारा होल्डॉल की पेटी से सड़ासड़ चाबुक खाते देख आई है—"हाय माँ, खून

निकल रहा था नाक-मुँह से और ज़ोर-ज़ोर से चिल्ला रही थी—'हाय बाबू, आब बटी मुहब्बत नी करूँ।''

पुत्री को डाँटने के बदले खी-खी कर स्वयं रुक्की भी उसके साथ हँसने लगी थी।

कभी-कभी चंपा-जुही को रुक्की देखती तो अपनी पुत्री के लिए उसे न जान कैसी ममता व्याकुल कर देती। कभी पहाड़ से बाहर भी तो नहीं जा पाई थी बेचारी। जुही को तो भाई ने सौ रुपए महीने का मास्टर धरकर नाच सिखाया था, फिर एक मास्टर, ढ़ाई मन का तंबूरा लेकर, उसे गाना सिखाने भी आता था। उसकी जया को भला किसने नाच सिखाया था? पर फिर भी अल्मोड़ा के किस नौशे की रत्याली भला जया के नाच के बिना जम सकती थी! मोलदा की बहू की चौड़ी हथेली की मर्दानी चोट से जहाँ ढोलक झमकी कि जया फिरकी-सी घूमने लगती। अपनी पतली कमर को वह बेंत-सा मोड़ती-मरोड़ती नाचने लगती :

'जो मैं होती राजा
बेला चमेलिया
महक रहती राजा
तोरे बँगले पै।'

गृहस्वामिनी निछावर उतारती तो लड़की जैसे और भी रंग में आ जाती। एक के बाद एक, कितने ही गानों पर नाच-नाचकर भी नहीं थकती थी छोकरी। कभी-कभी तो रुक्की लजाकर किसी बहाने उठकर बाहर चली जाती। हाय राम, इस छोकरी को किसने सिखा दी थीं ऐसी रंडी-पतुरियों की-सी अदाएँ! रामकटोरी की आत्मा ही क्या उसमें प्रवेश कर गई थी? महिलाएँ आ-आकर उसे बधाइयों से लाद देतीं ''गजब है, हो लली तुम्हारी यह लड़की! जैसा ही मीठा गला है वैसा ही नाच!''

नाच-गाना ही नहीं, स्वेटर बिनने में, पूरे अल्मोड़े में कोई भी उसकी बराबरी नहीं कर सकती थी। कैसी ही जटिल डिज़ायन क्यों न हो, पहननेवाला चाहे बिजली-सा ही कौंधता सामने से क्यों न निकल जाए, चट आँखों-ही-आँखों में वह बिनाई उतार लेती थी। पिछली बार चंपा की सगाई होते ही मधुकर की माँ एक साथ डेढ़ पाउंड ऊन लेकर रुक्की को दे गई थीं।

''तुम्हारी जया तो एकदम मशीनी स्वेटर बिनती है। इस जाड़े में बुड़ज्यू

का एक ही पूरी बाँह का स्वेटर बिनवा ही देना होगा। अब तो इस पर हमारा भी हक है। मुधकर की साली जो बन गई है यह! अगर ऊन बच गया, तो एक फतुई मेरी भी बना देना बेटी, बड़ा साफ हाथ है तेरा।''

''साफ हाथ है न कद्दू,'' उनके जाते ही वह अपनी माँ पर बरस पड़ी थी, ''खबरदार जो घर में यह ऊन रखा। कल ही लौटा आना। जया न हो गई, पूरे अल्मोड़े की स्वेटर बिनने की मशीन हो गई। अभी-अभी तुम्हारे की कहने पर दुर्गादत्तजी के ऊँट-से लम्बे लड़के के लिए पूरी बाँह का स्वेटर बिना। फिर तुम्हारी भाभीजी के भाई का पुलोवर बनाया, मैं अब सलाइयाँ हाथ में नहीं लूँगी, कह दिया है मैंने। एक तो पहाड़ी ऊन है, हाथों की हथेलियाँ भी रगड़ से छिल जाती हैं, उस पर कहीं बिनते-बिनते एक बूँद पानी की गिर गई, तो भीगे कुत्ते-सा ही बसाने लगता है ससुर!''

किन्तु दूरदर्शी रुक्की ने ऊन नहीं लौटाया। अब स्वयं ही माँ से वह ऊन माँग सात ही दिन में, रामदत्तजी का भव्य पुलोवर ही बिनकर नहीं दे आई, भावी सास की दर्शनीय फतुई में अपनी गाँठ से पैसा लगा, हरे ऊन की ऐसी अनोखी अँगूठी बेल उतारकर रख आई थी कि बुढ़िया ने उसके हाथ चूम लिये थे, ''वाह चेली, धन्य मेरे भाग, निश्चय ही तू मेरी देहरी का दिया बनकर जगमगाएगी।''

मधुकर को उसकी सगाई की सूचना देने के पश्चात् तीन पत्र और डाल दिए गए थे। किन्तु वह केवल एक ही पंक्ति का उत्तर देकर, सोंठ खींच गया था। ''क्यों, माँ, अभी एक सगाई से जी नहीं भरा क्या?''

''ठीक है, मधुकर की इजा, तू क्यों घबड़ाती है! घर आने दे, मेरी एक ही धमक से ठीक हो जाएगा छोकरा! मेरी बात वह क्या कभी टाल सकता है?'' रामदत्तजी ने पत्नी को धैर्य बँधाया, किन्तु मन-ही-मन स्वयं सकपका गए थे। मधुकर ने लिखा था कि वह एक फेलोशिप ले, विदश जाने की चेष्टा कर रहा है। जैसे भी हो, पुत्र की इस विदेश-यात्रा से पूर्व ही उसका पैरा फँसाना होगा। कुछ ही दिनों पूर्व, पहाड़ के तीन विवाह-वचनबद्ध तरुण कुँआरों ने विदेश जाकर वहीं विवाह कर लिया था। उनमें से एक दुस्साहसी दर्पित वीर तो अपनी नव-विवाहिता मेम को लेकर अल्मोड़ा भी पहुँच गया था। यही नहीं, ठीक नवमी के श्राद्ध के दिन उसकी नव-वधू, सात अंडों

का केक बना, बूढ़े श्वसुर के सिरहाने सजा आई थी।

"हे भगवान, कहीं हमारे मधुकर ने भी ऐसा ही किया तब?" बुढ़िया ने आकुल स्वर में रोकर, आधी रात को रामदत्तजी को झकझोरकर पूछ लिया, तो उसकी सफेद मूँछें साही के काँटों-सी ही सतर हो गई थीं।

"हिम्मत है उसकी? कैसा ही सर्जन क्यों न हो, अभी भी मेरे सामने काँपता है। चंपा उसको पसन्द थी, पर जब मैंने रिश्ता तोड़ दिया तो मजाल थी कि चूँ भी कर सका हो।"

रुक्की एक प्रकार से निश्चिन्त थी। उसने विवाह की सम्पूर्ण आयोजना अकेली ही पूरी कर ली थी। रात-रात को वह पिछवाड़े के मार्ग से हटियालों से बेरे-बोरे गेहूँ-चावल लदवा, अपने भंडार के ड्रम भरवा चुकी थी। सगाई की सूचना अभी दोनों पक्षों ने किसी को भी नहीं दी थी। विवाह इधर ही होगा, यह सूचना यदि महिला-समाज को मिल गई, तो फिर आए दिन स्त्रियों का जत्थे-का-जत्था अनाज बीनने-फटकने जुटने लगेगा। जैसा बीनेंगी-फटकेंगी, वह खूब जानती थी, इसी से रुक्की ने एक-एक दाना साफ कर, अनाज में एक कंकड़ का अस्तित्व भी नहीं रहने दिया था।

पूरी तैयारी अकेली ही कर, नानी, दादी, मामी, चाचियों की बहुरंगी साड़ियों में चिट चिपका, चवन्नी-अठन्नियों की रेज़गारी को स्तूपाकार गड्डों में विभक्त करने में किसी बैंक-कर्मचारी की-सी तत्परता दिखा, वह आँचल झाड़-झूड़कर ही, भाभी को देखने भवाली आई थी। उसका ऐसा पक्का प्रबन्ध था कि कभी बिना पूर्व-सूचना के भी बारात उसके द्वार पर खड़ी हो जाती, तो वह चुटकियों में सप्तपदी सम्पन्न करवा सकती थी। किन्तु भवाली पहुँचते ही उसका समस्त आत्मविश्वास न जाने कहाँ उड़ गया था। छोकरी चंपा का रूप जैसे और निखर आया था। निरभ्र आकाश में सहसा उदित चन्द्र की भाँति उसका स्निग्ध मुखमंडल देख, रुक्की चकित रह गई थी। प्रखर ललाट की स्फटिक-सी निर्मलता में उसने सहसा अपनी पुत्री के ललाट की लिपि को भी पढ़ लिया था। कुछ दुबली हो जाने से ही शायद कपोलों की हड्डियाँ और भी आकर्षक बन गई थीं। बोलती पहले ही कम थी, पर इधर और भी चुपचाप रहकर, उसने जैसे अपनी भुवन-मोहिनी भ्रूभंगिमा से ही बोलना सीख लिया था। कुछ न कहने पर भी उसने उस भ्रूविलास से स्पष्ट कर दिया था कि वह बुआ को देखकर प्रसन्न नहीं हुई है। उसकी चुप्पी ही तो उसका सबसे बड़ा आकर्षण थी और जया की नित्य की बकर-बकर ही

उसकी सौन्दर्य-आभा को स्वयं मलिन कर देती थी। खोद-खोदकर कई बार नीतिनिपुण रुक्की ने भतीजी के मन की थाह लेने की चेष्टा की थी, पर छोकरी ने क्या एक बार भी कन्धे पर हाथ धरने दिया था? ठीक है, इसी अकड़ से तो उसने अपने हाथों, अपने पैरों पर कुल्हाड़ी मार ली थी। मधुकर ने तो सगाई टूटते ही रुक्की को ही चिट्ठी लिखकर चंपा का पता पूछा था, तब तो जया के रिश्ते की बात भी रुक्की के दिमाग में नहीं आई थी। चंपा ने बुआ को पता दिया होता, तो क्या वह मधुकर को नहीं भेजती? और यदि भेज देती तो क्या मधुकर और चंपा का प्रणय-प्रसंग फिर अधूरा रह पाता? संसार का कौन पुरुष भला उसकी सुन्दरी रहस्यमयी भतीजी के चेहरे की ओर एक बार आँखें उठाकर सहज ही में फेर सकता था! पहाड़ी कहावत है कि अपनी पुत्री और दूसरे की पत्नी सबको अच्छी लगती है, किन्तु रुक्की इतना खूब जानती थी कि उसकी अपनी पुत्री जया, जया थी और चंपा, चंपा। जैसे भी हो रामदत्तजी से कह, उसे अब इसी महीने लग्न निकलवाना होगा। शुभ कार्य में विघ्न डालने वालों का संसार में कभी अभाव नहीं रहता।

लम्बी यात्रा ने चंपा का एक-एक अंग झकझोरकर रख दिया था। बर्दवान का स्टेशन आते ही वह हड़बड़ाकर उठ गई। दूर से ही हाथ हिलाकर ट्रेन के साथ-साथ भाग रही मिनी को उसने अचानक देख लिया। एक धक्के के साथ गाड़ी रुकी और मिनी द्वार खोलकर भीतर चढ़ आई।

‘‘क्या-क्या सामान है? जल्दी उतरो। गाड़ी प्लेट-फार्म से इतनी दूर रुकी है कि एक भी निगोड़ा कुली इधर नहीं आने का। हम ही मिलकर उतार लेंगे।’’

‘‘मुझे तो आशा नहीं थी कि तुम्हें मेरा तार समय पर मिल जाएगा। पहाड़ के तार तो कभी-कभी चिट्ठी से भी देर में पहुँचते हैं।’’

‘‘वह तो अच्छा हुआ, आज कोई ऐसा केस नहीं था, नहीं तो मैं क्या आ पाती?’’

मिनी सूटकेस नीचे रखकर दोनों हाथों को मलने लगी। ‘‘बाप रे बाप, क्या-क्या भरकर लाई हो जी, पहाड़ से? खैर, चलो, आईं तो सही। न आतीं तो मैं भी इस्तीफा देकर चल देती, जोशी। इस नौकरी से तबीयत उखड़ गई है।’’

"क्यों? क्या बड़ी कोठी का बुलौआ इधर फिर आने लगा।?"

"अजी, मारो गोली, बड़ी कोठी से हम नहीं डरते, पर तुम तैयार रहना, जोशी।" मिनी ने हँसकर उसे तिरछी दृष्टि से देखकर कार स्टार्ट कर दी, "रोज, एक बार रानी साहब का फोन आता है, कि डॉक्टर जोशी कब आ रही हैं? मैंने अभी किसी से नहीं कहा कि तुम आज आ रही हो। घर चलकर आराम से नहा-धो, खा-पीकर पड़ी रहो। कल ड्यूटी पर जाना। आजकल राजकन्या भी तो आई है। एक कोई लड़की और है साथ में—पता नहीं कहाँ से पकड़ लाई है। क्या रंग है लड़की का, और क्या फिगर! चलती है, तो लगता है ओडिसी करती चली जा रही है। तुम्हें एक बार रोज़ पूछ लेती है, मिस सेनगुप्त। आई एम सरप्राइज़्ड क्योंकि वैसे तो उस शुतुरमुर्ग की ऐंठी गर्दन को मैंने कभी झुकते नहीं देखा।"

"पर मुझसे तो वह कह रही थी कि कनाडा जा रही है।"

चंपा के प्रश्न ने मिनी को हँसा दिया। "क्या बात करती हो, डॉक्टर जोशी, जो लड़की ब्रेकफास्ट भारत में लेकर डिनर के लिए अक्सर कुवैत पहुँचती है, उसके लिए भला दिल्ली और बर्दवान के बीच की दूरी, कोई दूरी है!"

"चाँदमनी को तो तुमने खबर दे दी होगी, मिनी?"

"किसे खबर देती, जी! वह लड़की क्या धक्का देने पर भी घर गई थी! बाप अंगोछे में बाँधकर खाना दे जाता और वह लोटा-भर रस पीकर स्वामि-भक्त बुलडाग-सी तुम्हारे बरामदे में पड़ी रहती। मैंने एक दिन कहा कि घर चली जा, तो कहने लगी, 'नहीं, दीदी आ गईं, तो मुझे उतनी दूर से कौन खबर देने आएगा।' यह लो, खड़ी तो हैं राजरानी सामने।"

हँसती चाँदमनी भागकर कार का द्वार खोलने बढ़ आई। स्वामिनी को देखकर उसका काला चेहरा हँसी से उद्भासित हो उठा।

"सुनो, जोशी," मिनी ने पर्स खोलकर, उसे चाबी का गुच्छा थमा दिया, "मुझे अभी सेप्टिक वार्ड की ड्यूटी में जाना है, तुम चाबी रखो, घर खुलवा, सफाई कराकर फिर ताला डाल देना, समझीं? खाना मेरी मेज़ पर लगा है, मेरे लिए मत रुकना। खा-पीकर वहीं सो रहना। तुम्हारा दरवाज़ा खुला रहा तो कोठी के सिपाही तुम्हें लेने आ जाएँगे, यह समझ लेना।" वह उसे चाबी थमाकर चली गई।

कमरा खोलते ही चंपा की दृष्टि कोने में धरी उस अमंगली मूर्ति पर पड़ी। भगवती ने बार-बार उससे अनुरोध किया था कि घर पहुँचते ही वह उस मूर्ति को किसी जंगल में फिंकवा दे।

''जब से भवाली आई हूँ, कई बार उस मुँहजली मूरत को सपने में देख चुकी हूँ। चंपा, कल फिर रात को उसे देखा, कि जुही हाथ में उसे लिए खड़ी है। कह रही है, 'ममी, तुम बहुत दिन इसे रख चुकी हो, अब मैं लिए जा रही हूँ।' जाते ही फेंक देना, बेटी।''

किन्तु उस मूर्ति में तो जैसे चंपा के प्राण बसे थे। फेंकेगी नहीं, ममी के आने से पहले मिनी के स्टोर-रूम में कहीं छिपा आएगी।

भगवती का शून्य पलंग देखकर एक क्षण को उसे माँ की स्मृति विह्वल कर उठी थी। डॉक्टरनी होना भी जीवन का कैसा विचित्र अभिशाप है! माँ के फेफड़े की चित्रलिपि को उसने ठीक-ठीक ही पढ़ लिया था, मृत्यु कभी भी उसे पलक झपकते ही अपने साथ खींच सकती थी।

''दीदी, आप नहा लें, खाना ठंडा हो जाएगा।'' चाँदमनी ने कहा तो वह चौंक गई। वह भूल ही गई थी कि कोने में खड़ी चाँदमनी उसे एकटक देख रही है। गीली पलकों को आँचल से पोंछकर उसने हँसने की चेष्टा की। ''न जाने आज आँख में कितना कोयला चला गया है री, चाँदमनी मैं तो भूल ही गई थी कि अभी नहाना है। मैं जब तक नहाकर आती हूँ, तू चटपट कमरे को झाड़ ले।''

बड़ी देर तक नहाती रही थी वह, पर फिर भी जैसे सिर से लपटें निकल रहीं थीं। इस सूने बँगले में, अब उसे एक लम्बी अनिश्चित अवधि तक अकेले ही रहना होगा। मिनी के शर्तनामे की अवधि एक महीने में ही समाप्त हो जाएगी। उसकी बातों से लगता था कि वह भी, फिर यहाँ नहीं रहेगी। गुसलखाने के एकान्त में सहसा उसकी असहाय विवशता सिसकियों में फूट पड़ी। नग्न घुटनों में सिर रखकर वह देर तक सिसकती रही।

बाहर कमरा झाड़ती चाँदमनी मीठी दबी आवाज़ में गा रही थी। कैसे विचित्र स्वर में गाते हैं ये संथाल! दाँतों से दबाकर अपनी मीठी आवाज़ को जैसे वे और भी मीठा बना लेते हैं। दाँतों के बीच दबाई गई, झंकृत पहाड़ी 'बिणै' की-सी झन-झन, चंपा को सहसा ठंडी बयार-सी सुशीतल लगी।

राजा गेलो सरके, सरके
रानी गेलो कांची सरके,

राजार छाता पड़े गैलो जले
रानी हाँसिलो मने मने।
सोनार राजा डूबे गैलो जले
रानी कंदीली मने-मने।[1]

चंपा की आँखें अकारण ही भर आईं। उसे क्या जीवन-भर कच्ची सड़क पर चलना होगा? संथाल की भाँति, क्या वह भी मन-ही-मन रोती रहेगी?

"दीदी, जल्दी आइए, बड़ी कोठी की रानी माँ आई हैं।" चाँदमनी ने गुसलखाने की दरार से मुँह सटाकर सूचना दी तो वह हड़बड़ा गई। निश्चय ही उसकी आँखें अब भी लाल होंगी। किसी मूर्ख भावुक किशोरी की भाँति, कब से वह सिसक रही थी।

क्या कहेगी मिसेज़ सेनगुप्त! उसे देखते ही उठकर उसने चंपा के दोनों ठंडे हाथ थाम लिए, "तुम भी कहोगी कि आते ही बुलाने आ गई। अभी-अभी पता लगा कि तुम आ गई हो। क्षमा करना बेटी, विपत्ति में पड़कर ही तुम्हें असमय बुलाने आई हूँ।"

कमलेश्वरी भी शायद नहा-धोकर सीधी चली आ रही थी। सद्यःस्नात केशराशि पीठ पर बिखरी थी। ताँत की साड़ी का आँचल भी बालों से टपक रहे जल-बिन्दु निपात से एकदम भीग गया था। सुन्दर चेहरे पर नित्य की स्निग्ध हँसी थी।

"किसी की तबीयत खराब हो गई है क्या?" चंपा ने कुर्सी खींच दी, "आप बैठिए न।"

"नहीं बेटी, एक लम्बी साँस खींचकर कमलेश्वरी ने कुर्सी का हत्था पकड़ा और दर्जन-भर सोने की चूड़ियाँ एक साथ ही नीचे सरक, कुर्सी के काठ से टकराकर झनझना उठीं, "तुम्हें साथ लेकर ही जाऊँगी। वह तो मयूरी ही तुम्हें लेने आ रही थी, मैंने ही रोक दिया, पता नहीं क्या उल्टा-सीधा बक आएगी। कहने लगी, "माँ अभी जाकर डॉ. जोशी को ले आओ, मुझे उनसे कुछ काम है।" मैंने बहुत पूछा, कैसा काम है री, पर बताती ही नहीं। मुझे तो न जाने कैसा डर लग रहा है, बेटी! मैंने गर्भ में उसे रखा अवश्य है, पर आज तक उसकी एक बात भी समझ नहीं पाई। उस लड़की के सब

---

1. राजा पक्की सड़क पर चला जा रहा है, रानी कच्ची सड़क पर। राजा का छाता जल में गिर गया और रानी मन ही मन हँसने लगी। पर हाय, सोने का राजा नदी में डूब गया और रानी मन ही मन रोने लगी।

ही काम निराले होते हैं। इस बार अपने साथ अपनी एक दोस्त को भी लाई है, उसी की तबीयत के बारे में शायद तुमसे कुछ पूछना चाहती है। मैंने तो कहा भी, 'इतना बड़ा दिल्ली शहर छोड़कर, तेरी दोस्त यहाँ राय लेने क्यों आई है री!...' तुम एक बार चलकर देख लो, तो मैं निश्चिन्त हो जाऊँ।''

''चलिए,'' चंपा ने बैग उठाकर चाँदमनी को थमा दिया, ''जा, इसे कार में रख आ, मिनी से कहना, मैं मरीज़ देखने बड़ी कोठी गई हूँ।''

''खाना जो मेज़ पर लगा है, दीदी!''

''अरी, तेरी दीदी आज वहीं खा लेगी, घबड़ाती क्यों है।'' हँसकर कमलेश्वरी ने चंपा का हाथ पकड़ लिया, फिर चाँदमनी के जाते ही वह ठिठककर खड़ी हो गई, ''बेटी, मुझे लगता है, अपनी दोस्त का बहाना बना मयूरी स्वयं अपने को दिखाना चाहती है। कोई भी ऐसी बात हो तो मुझसे मत छिपाना, चंपा।'' किसी पीड़ित पशु की-सी उस दृष्टि को देखकर चंपा सहम गई। जितनी बार वह बड़ी कोठी गई थी, उतनी ही बार एक अजीब दहशत उसे सहमा उठती थी। लगता था, वह किसी ऐसे रहस्यमय भुतहे महल में पहुँच गई है, जहाँ का एक भी व्यक्ति सहज, स्वाभाविक रूप में मानवीय नहीं है। भयावह मर्दानी खुदू, लखनऊ के मिट्टी के खिलौने-सा अचल-दरबान, खलनायक-सा सेनगुप्त, फिल्मी तारिका-सी मयूरी, और मूक चित्रों के युग के स्मृतिचिह्न-सी सुन्दरी कमलेश्वरी! यहाँ तक कि सीढ़ियों पर चढ़ने लगती, तो अदृश्य छिद्रों से आती सुगन्धित नशीली बयार में भी उसे किसी पारलौकिक बाज़ीगरी का आभास होता। ऐसी सुगन्ध, जो पल-भर में उसे अभिभूत कर दूसरे ही क्षण चकरघिन्नी खिला देती थी। कार का शब्द सुनते ही मयूरी भागकर आ गई, 'हाय डॉक, कई दिनों से मैं तुम्हारा इन्तज़ार कर रही थी।''

चंपा का हाथ पकड़कर फिर वह ऐसे सीढ़ियाँ चढ़ने लगी जैसे किसी बालिका को उसकी बिछुड़ी हमजोली मिल गई हो।

''ऐसा कम्प्लेक्शन कैसे है जी तुम्हारा, डॉक्टर! एक बात कहूँ?'' वह सहसा सीढ़ी पर ही धमककर खड़ी हो गई, ''देश-विदेश बहुत घूमी हूँ पर एक सुन्दरी डॉक्टरनी देखने का अवसर जीवन में पहली बार मिला है। आमतौर पर डॉक्टरनियाँ जैसी खूसट होती हैं, बस पूछिए मत। तुम्हारे मेल पेशेंट्स तो तुम्हारा चेहरा देखकर ही रोगमुक्त हो जाते होंगे, क्यों?''

''चुप कर!'' कमलेश्वरी की धमक सुनकर भी अनसुनी कर, वह फिर

चंपा को हँस-हँसकर, ऐसे छेड़ने लगी जैसे वह उसकी दो दिन की ताज़ी भाभी हो।

''और क्या, मैं झूठ बोल रही हूँ। इनके अस्पताल का पूरा स्टाफ ही, सुना है, इन्हें सुचित्रा सेन कहकर पुकारता है। है न, डॉक्टर जोशी?''

''अरी मानेगी कि नहीं,'' कमलेश्वरी सीढ़ियाँ चढ़ती हाँफने लगी थी, ''एक तो बेचारी उतनी लम्बी यात्रा से भूखी-प्यासी तेरी दोस्त को देखने चली आई, उस पर तू उसका दिमाग चाटे चली जा रही है। जा, जल्दी से रिनी को दिखाकर खाने के कमरे में ले आ। मैं नाश्ता लगवाती हूँ।''

''आइए, डॉक्टर जोशी!'' हँसकर मयूरी ने अपने कमरे का द्वार खोल दिया।

''आपकी मरीज़ कहाँ है?'' चंपा कमरे में पहुँचकर भी खड़ी ही रही।

''अरे बैठो यार!'' मयूरी ने कुर्सी खींच दी और लपककर द्वार बन्द कर दिया।

''इस घर में, ज़रा भी प्राइवेसी नहीं है, डॉक्टर! जब देखो एक-आध नौकरानी सिर पर चमगादड़-सी मँडराती है।''

''आपकी मरीज़ कहाँ है मिस सेनगुप्त'' चंपा के कठोर स्वर में पूछे गए प्रश्न ने पल को उस उद्दंड मुखरा लड़की को जैसे गूँगी बना दिया।

''मरीज़ की बात बाद में होगी।'' वह खिसियाई-सी हँसी हँसकर कहने लगी, ''पहले आपको उसकी केस-हिस्ट्री बता दूँ। हम दोनों एक ही वर्किंग होस्टल में रहती हैं। वैसे तो दिल्ली में भी सब सुविधाएँ हैं।'' दोनों सुडौल टाँगें कुर्सी पर ही उठाकर मयूरी ऐसी तेज़ी के साथ से नाखून कुतरने लगी कि चंपा को भय लगने लगा कहीं वह अपनी पतली अँगुलियाँ भी न कुतर डाले!

''पर दिल्ली में बेचारी डेलीकेट फील कर रही थी। सब उसे जानते हैं। अभी किसी को कानों-कान खबर नहीं हुई है। वहाँ के एक प्रसिद्ध होटल में कैबरे नर्तकी है रिनी, इसी से नौकरी और उसकी वर्तमान अवस्था में से, एक से उसे छुट्टी पानी ही होगी। मैं ही उसे यहाँ ले आई हूँ। इतनी बड़ी कोठी में किस कमरे में क्या हो रहा है, यहाँ रहनेवाले ही नहीं जान पाते। आठ-दस दिन में ठीक-ठाक होकर शी कैन गो बैक टु हर जॉब।''

''मैं समझी, नहीं,'' चंपा उस वाचाल लड़की की गोलमाल बातों को सचमुच ही नहीं समझ पा रही थी, ''बीमारी क्या है?'' उसने भोलेपन से पूछा।

"ओह, बीमारी!" मयूरी हँसी और कुटिल हँसी ने उसके बचकाने चेहरे की दूधिया मिठास को धो-पोंछकर बहा दिया।

"बीमारी वही है, डॉक्टर जोशी, जो हम कुँआरी लड़कियों के लिए, कभी कैंसर से भी घातक बीमार बन उठती है।"

चंपा तिलमिलाकर खड़ी हो गई, "आपने मुझे समझा क्या है मिस सेनगुप्त? क्या आपके पिता, अपनी कोठी में यही धन्धा करवाने डॉक्टरनियों की नियुक्ति करते हैं?"

"ओह, डोंट बी सिली डॉक, दिस इज़ हर सिक्स्टींथ वीक, अर्थात् एकदम कानूनी घेरे में आती है। अब तो एबॉरशन लीगेलाइज्ड हो रहा है। बम्बई में तो एक ऐसा क्लीनिक भी खुल गया है, जहाँ च्युइंगम चबाती आइए और तीन ही घंटे में छुट्टी पा, मजे, से झूमती-झामती पिक्चर देखने निकल जाइए। ऐलास्का में तो और भी कम समय लगता है।"

"तब आप अपनी दोस्त को वहीं ले जाइए, मिस सेनगुप्त, मैं जा रही हूँ। ऐसे व्यर्थ के कामों के लिए मेरे पास समय नहीं है। अपनी ममी से मेरी ओर से क्षमा माँग लीजिएगा।" वह आला उठाकर खड़ी हो गई।

"इस कोठी से सहज में ही बाहर निकलना कभी सम्भव नहीं होता डॉक्टर।" मयूरी ने अपने कटे केश के गुच्छे को झटककर सामने किया और अपनी तिर्यक दृष्टि से चंपा को सहमा दिया।

"आपके सुडौल वक्षस्थल पर तमंचा तानकर भी यह काम करवाया जा सकता है, डॉक्टर जोशी।" मयूरी अलसाई बिल्ली-सी शरीर ऐंठती, आरामकुर्सी पर पसर गई। दोनों पतली बाँहें उसने तकिया-सी बनाकर, सिर के नीचे रख ली थीं।

चंपा क्रोध से थर-थर काँपने लगी। क्या यह छोकरी उसे बन्दिनी बनाने की बात कर रही थी? तब उसकी तेजस्वी शान्त जननी भी क्या पुत्री की ही भाँति छलनामयी थी?

"आहा, घबड़ा क्यों रही हो हनी!" वह अब एक छलाँग लगाकर खड़ी हो गई, "मेरी सुन्दरी मरीज़ को देखोगी तो निश्चय ही तुम्हारा हृदय भर आएगा, 'विद मिल्क ऑफ ह्यूमन कांइडनेस।' उसे फिर उसकी असहाय अवस्था में छोड़कर तुम नहीं जा पाओगी, स्वीटी।"

"रिनी, यहीं चली आओ, स्वीट हार्ट!" कमरें का द्वार खोलकर उसने हाँक लगाई। चंपा तेज़ी से खुले द्वार की ओर बढ़ी। पथ अवरुद्ध किए खड़ी

उस छरहरी छोकरी को निश्चय ही एक धक्का देकर गिरा सकती थी। किन्तु हाँक के साथ, जो लड़की हँसती हुई द्वार पर खड़ी हो गई, उसे देखकर फिर वह एक कदम भी आगे नहीं रख पाई। उसके दोनों पैर घुटनों से नीचे, अवश होकर रह गए। कुर्सी का हत्था थामकर, यदि वह अपने को नहीं सँभालती, तो भरभराकर नीचे गिर पड़ती। उसके सामने उसकी छोटी बहन जुही खड़ी थी।

दोनों ही के चेहरे एक साथ फक् पड़ गए।

''अरे वाह,'' मयूरी ठठाकर हँस पड़ी, ''लगता है, आप दोनों एक-दूसरे के रूप पर रीझकर रह गई हैं। लेकिन वाट स्ट्रेंज कोइंसीडेंस, रिनी खान! तुम मुसलमान हो, यह हिन्दू, पर जो यह न जानता हो, यदि तुम दोनों को एक साथ खड़ी देख ले, तो यही कहेगा कि तुम दोनों सगी बहनें हो। बैठो रिनी, मैं जा रही हूँ। लो मन भरके अपनी बीमारी की हिस्ट्री डॉक्टर जोशी को समझा दो, अच्छा! देखो शर्माना नहीं।''

फिर अपनी एक आँख को पेशेवर अन्दाज़ से दबाकर वह हाथ हिलाती चली गई।

आमने-सामने खड़ी दोनों बहनों ने आँखों-ही-आँखों में तलवारें खींच लीं। चंपा ने कठोर दृष्टि से छोटी बहन को देखा। कुछ ही महीनों में वह कितनी बदल गई थी! चेहरा ही लंबोतरा नहीं बन गया था, दोनों भँवों को साफ कर खींची गई पेंसिल की रेखा ललाट को और भी प्रशस्त बना गई थी। बचपन में झूला झूलते दोनों बहनों की बचकानी झड़प ने छोटी को नीचे गिरा, ललाट पर तो तिरछा दाग बना दिया था और जिसे जुही बड़े कौशल से लगाई गई अपनी बिन्दी के अस्तित्व में छिपा लेती थी, वह आज अनावृत्त था। कटे बाल कन्धों पर झूल रहे थे। कानों के जडाऊ लटकन कंठ का हैदराबादी चोकर, बाजू का अनन्त और दर्पण-जड़ी अँगूठी देखकर लगता था, वह अभी-अभी नर्तकी की सज्जा बिना उतारे ही, हाँफती, रंगमंच से सीधे नीचे उतरकर सुस्ताने बैठ गई है।

''तुम यहाँ कैसे आ गईं, तुम तो अफगानिस्तान चली गई थीं न?'' अपने प्रश्न की कठोर झनक से, चंपा स्वयं ही अनमनी हो उठी। अपने मुसलमान प्रेमी के साथ भाग गई उस पितृहन्ता छोटी बहन का पीला चेहरा देखकर,

चंपा का हृदय सहसा करुणा से भर गया। यह क्या वही जुही थी! सहसा आगे बढ़कर, उसे गले लगा लेने को वह व्याकुल हो उठी।

किन्तु अचानक वही पुरानी जुही फिर लौट आई। शान्त आँखों में फिर वही विद्रोही झलक कौंध उठी, ''ओह, तुम क्या सोच रही हो, मैं अफगानिस्तान से यहाँ आई हूँ? वहाँ से आए तो मुझे एक अरसा हो गया, डियर सिस्टर!'' वह हँसी, लेकिन आई नेवर थाट दैट ऑफ आल दि परसंस तुम्हें यहाँ देखूँगी। तुम यहाँ कैसे आ गईं?'' उसकी पेंसिल अंकित भँवें व्यंग्य से तन गईं, ''सेनगुप्त हैज़ टैक्ट, आई मस्ट से।''

''चुप कर, जुही!'' चंपा का स्वर तीखा होकर फट गया। अर्थी पर पड़े पिता की अधमुँदी आँखों की स्मृति उसे पागल बना गई। जिस छोटी बहन को देख, क्षण-भर पूर्व वह मृतवत्सा गाय-सी ही रंभाने को व्याकुल हो उठी थी, उसी उद्दंड छोकरी को कान पकड़, तमाचा मारने अब उसकी बाँहें फड़कने लगीं।

''जिसके साथ मुँह काला कर भाग आई थी, उसने क्या तुझे छोड़ दिया?'' चंपा का क्रोध उसकी कनपटी पर फड़कने लगा था।

''ओह, तनवीर? उसने मुझे नहीं छोड़ा, दीदी, मैंने ही उसे स्वयं छोड़ दिया। आई होप, यू डोंट माइंड।'' अपने मर्दाने रामनामी कुर्ते की ढीली जेब से सिगरेट-केस निकाल, उसने सिगरेट जलाकर मुँह में धरी और धूम्रपान के अनुभवी अन्दाज से नाक से धुएँ की गहन धूम्ररेखा निकालकर उसने छत की ओर उड़ा दी।

''हनीमून के लिए अफगानिस्तान ही गई थी, पर न हनी ही हाथ लगा न मून।'' पैर-पर-पैर रखकर, फिर वह निर्लज्जता से हँसी, ''ससुराल का वैभव देखकर एकदम मूर्च्छित ही हो गई थी, री दीदी! क्या आलीशान कोठी थी और सास-ससुर की कैसी भव्य जोड़ी! पहाड़ियों में कभी ऐसे सास-ससुर जुट सकते थे भला! राम भजो—पूरे सोलह नौकर, मेड इन-वेटिंग, नीग्रेस मैमी, चार मोटरें, यही नहीं ससुर का अपना निजी हवाई जहाज भी था। कभी अदन जा रहे हैं और कभी पाकिस्तान। पर तीसरे ही दिन मेरी ससुराल की मुरादाबादी कलई खुल गई थी।''

वह फिर हँसी। एक हँसी ही तो नहीं बदली थी उसकी। जितनी ही बार वह हँसती, चंपा का बचपन उसकी उसी दूधिया हँसी में ओने-कोने से छलकता उसे फिर अतीत की ओर खींचने लगता। छोटी बहन के अन्याय

को वह बिसरकर रह जाती। ''सास ने मुझे रूबी का सात लड़ी का हार दिया और ससुर ने मारी आंतोनियत के कलेक्शन से खरीदी गई हीरे की बहुमूल्य अँगूठी। किन्तु मेरा अकर्मण्य पति मुझे कुछ भी नहीं दे पाया। उसके विचित्र मित्र एक-एक कर मुझसे मिलने आते और मुझे एक-से-एक दामी उपहार थमा, उसे लेकर निकल जाते। रात-रात-भर मैं उसकी प्रतीक्षा में बैठी रहती। वह कभी आधी रात को लौटता, कभी भोर के धुँधलके में और मुझे गुडनाइट के काग़ज़ी फूलों का गुलदस्ता थमा, दीवार की ओर मुँह फेरकर खर्राटे भरने लगता। मैं कुछ-कुछ समझ रही थी कि एक दिन उसी ने मुझे सब समझा दिया, ''मुझे माफ करना जुही, सोचा था तुमसे शादी कर, अपनी पिछली ज़िन्दगी को भूल जाऊँगा, पर अब देखता हूँ कि जहाँ पहुँच गया हूँ, वहाँ से चाहने पर भी मैं अब नहीं लौट सकता।'' उसकी ज़िन्दगी केवल पुरुषों तक ही सीमित थी दीदी, उसके उन्हीं मित्रों को लिखे गए कुत्सित पत्रों की भाषा पढ़कर मैं घृणा से सिहर उठी। जो पुरुष किसी दूसरे पुरुष को प्रेयसी कहकर सम्बोधित कर सकता है, वह क्या कभी स्त्री से प्रेम कर सकता है? उसी रात को जुही मर गई थी, रे दीदी। रिनी खान का जन्म हुआ था उसी दिन। किन्तु तनवीर वाज़ ए जेंटिलमैन, उसने मुझे पूरी आज़ादी दे दी थी। जहाँ जाऊँ, जिसके साथ जाऊँ, उसे कोई आपत्ति नहीं थी। मेरी जेठानी, नहीद का मायका पाकिस्तान में था। मेरा विवाह हुआ, तो वह पाकिस्तान गई थी। जब लौटी तो व्यंग्य से हँसकर उसने पहला प्रश्न मुझसे यही पूछा था, ''क्यों जी, तुम लड़की हो या लड़का? तनवीर मियाँ के दोस्तों के मासूम ज़नाने चेहरे देख-देखकर, हमें डर लगता है कि कहीं तुम भी उन्हीं में से एक न हो!''

''वही नहीद फिर मेरी दोस्त बन गई। कहती थी, 'यहाँ सबका यही हाल है बहन, हमारे मियाँ को अफीम की लत है। उनकी लत तो तुम्हारे मियाँ की लत से भी खतरनाक है। धीरे-धीरे दिमाग भी ठप्प हुआ जा रहा है। इसी से हम भी मौज करती हैं, क्यों दिल छोटा करती हो बहन, चलो हमारे साथ।''

''वही मुझे पहली बार नाइट क्लब ले गई थी और वहीं मेरा परिचय हुआ था गुलशन से—'गुलशन, दि फ्रूट सेलेड गर्ल।' ओह, अपूर्व नर्तकी थी गुलशन। माँ थी फ्रेंच और पिता पठान। संगमरमर से तराशी गई मूर्ति सी-ही गुलशन सिर से पैर तक केवल फलों से ढकी रहती। वक्षस्थल पर नाशपातियों

की कंचुकी, क्षीण कटि पर अंगूरी पत्रों की मेखला, कंठ में आलूबुखारे की माला, कलाई में अंगूरों के कंकण। उसके आते ही कमरे की बत्ती बुझा दी जाती। ताँबे के बड़े-बड़े कंदील में जल रही मोमबत्ती के धीमे प्रकाश में वह नृत्य-प्रवीणा नाचने लगती और उसकी देह-परिमल का लोबानी धुआँ दर्शकों को बेसुध कर देता। अनोखे वाद्यवृन्दों के साथ, धीरे-धीरे उसका नृत्य गतिशील बन उठता और वह नाचती-नाचती, अपनी एक-एक रसीला आभूषण तोड़-तोड़कर दर्शकों की ओर फेंक देती। जिस दर्शक पर उसका वह विषबुझा बाण पड़ता वह बेचारा पानी भी नहीं माँगता। लोग दो-दो सौ रुपए का टिकट लेकर उसका नृत्य देखने आते। सप्ताह में केवल दो दिन नाचती थी गुलशन, और उसके वे दो दिन, हम देवरानी-जेठानियों की उपस्थिति के बिना अधूरे ही रहते। उसी गुलशन से फिर मैंने उसका बेली डांस सीखा। अफगानिस्तान के उसी नृत्य के अंगूरी आसव में जब अपने लखनऊ के सीखे कत्थक की अंगूरी मिलाकर, भारत के प्रसिद्ध होटलों में मैं नाचती हूँ, दीदी—

आवत श्याम लचकि चले मुकुट धरे
मुरली ऐसी बजी सबके मन को हरे
आवत श्याम...

"'रिनी खान—'दि सिजलिंग शेबा।' किन्तु जिस बेली डांस ने मुझे प्रसिद्ध कर दिया था, वही अब मेरी पकड़ से खिसका जा रहा है। इसलिए तो उपचार की आशा से यहाँ आई थी। पर हाय रे भाग्य..." एक लम्बी साँस खींचकर, उसने दोनों हाथ शून्य में फैला दिए, "यहाँ तो सगी बहन ही डॉक्टरनी निकल आई! सगी मौसी भला कहीं अपने हाथों..."

"जुही, चुप कर, शर्म नहीं आती तुझे!" चंपा के ललाट पर पसीना झलकने लगा था, "कहती है तनवीर इज़ ए जेंटिलमैन। फिर उसी के पास क्यों नहीं लौट जाती, मूर्ख!"

"कैसा ही जेंटिलमैन क्यों न हो तनवीर, वह क्या कभी दूसरे की सन्तान ग्रहण करेगा दीदी?"

"दूसरे की?"

"और क्या डियर सिस, तनवीर ही मुझे सन्तान दे सकता, तो क्या मैं आज नटिनी बनी, होटालों में थिरकती?"

"अरे बाप रे बाप," भड़ से अधखुला द्वार खोलकर, मयूरी आँधी-सी

ही कमरे में घुस आई, "यहाँ तो डॉक्टर और मरीज बातों से ही पेट भरे जा रहे हैं। उधर हमारी माँ एकदम बौखलाकर हम पर बरस रही हैं कि बेचारी डॉक्टरनी को तू भूखी-प्यासी ही मार देगी क्या। चलिए-चलिए आप लोग। क्यों री रिनी, किस मन्त्र से तूने इन्हें साध लिया? यह तो किसी के कन्धे पर भी हाथ नहीं धरने देती थीं।"

चंपा का चेहरा पूर्ववत् गम्भीर बना रहा। बिना एक शब्द कहे ही वह धड़धड़ाती सीढ़ियाँ उतर गई। एक प्रकार-से दौड़ लगाकर ही वह रिक्शा पकड़ पाई थी।

घर पहुँची तो मिनी नहीं लौटी थी। बिना कपड़े बदले ही वह कटे पेड़-सी बिस्तर पर लम्बी हो गई।

विधाता ने उसे कैसी विषम परिस्थिति की भूलभुलैया में भटकने छोड़ दिया था। दोनों हाथ छाती पर धरे वह शून्य दृष्टि से छत को देख रही थी। कभी भी बड़ी कोठी की कार उसे लेने आ सकती थी और जैसी चेतावनी उसे दी गई थी, उसके अनुसार उसके सीने पर तमंचा तान, उससे उसकी सगी छोटी बहन के सिरहाने मास्क लगाकर खड़ी होने को कहा जा सकता था। एक ही उपाय था, कि वह रात-ही-रात में कहीं दूर भाग जाए।

"अरे जोशी, तुम क्या बड़ी कोठी चली गई थीं? खाना तो सब मेज़ पर ही पड़ा है। चाँदमनी से पूछा तो कहने लगी, 'दीदी जे गिएछिलो बुडकूटी।' " मिनी आँधी की भाँति कमरे में घुसकर उसके पलंग पर बैठ गई।

"ओ माँ, होलो की? चेहरा ऐसा सूख क्यों लग रहा है जी?"

अब तक यत्न से रोका गया अश्रुगह्वर चंपा की पूरी देह को कँपा गया। मिनी ने लपककर चिटखनी चढ़ा दी और उसकी सिसकियों से काँपती पीठ पर हाथ फेरती कहने लगी, "जोशी, ऐसे मत रोओ, मैं जानती थी कि एक दिन यही होगा। सेनगुप्त कैसा जानवर है, मैं जानती हूँ, इसी से मैंने तुम्हें आग्रह भी किया था।

एक दीर्घ श्वास लेकर वह फिर रुक-रुककर ऐसे बोलती चली गई, जैसे वह कमरे में अकेली ही हो:

"मेरे वैधव्य का अशौच, दूर भी नहीं हुआ था और मैं इसी बड़ी कोठी से ऐसी ही सिसकती लौटी थी। नरव्याघ्र के उस बघनखे के आघात को, मैं क्या कभी भूल सकती हूँ जोशी? मुझे पता होता कि तुम वहाँ जा रही हो,

तो मैं अस्पताल से ही तुम्हारे साथ चली जाती। पर मिस्टर सेनगुप्त तो दौरे पर गए थे, कब लौटे?''

चंपा उठकर बैठ गई, ''मिनी, सेनगुप्त यहाँ नहीं है। मैं तो मिसेज़ सेनगुप्त के साथ गई थी।''

''तब, तब क्यों रो रही हो जी?''

चंपा को लगा, यदि उसने उसी क्षण अपने हृदय की व्यथा का पात्र किसी के सम्मुख नहीं उड़ेला तो वह पागल हो जाएगी। आरम्भ से अन्त तक, फिर उसने मिनी को अपनी पूरी कहानी सुना दी थी। अपनी सगाई की भी बात वह नहीं छिपा पाई, हृदय की जिस वेगवती उमड़ती धारा को दबाने के लिए उसने अब तक संयम की भीमशिला को टिकाकर रखा था, वह अब शिथिल होकर स्वयं ही खिसक गई थी। चाहने पर भी वह धारा के साथ बहे जा रहे रोड़े-कंकड़ों की गति को अवरुद्ध नहीं कर सकती थी। सगाई टूटने के साथ जुड़ा जुही का प्रेम-विवाह, पिता की मृत्यु, माँ को सेनेटोरियम में दिया गया बुआ का शॉक ट्रीटमेंट, जया की सगाई और जब जुही की निर्लज्ज आचरण की पैरवी कर रही मयूरी सेनगुप्त! सब कुछ उगलकर वह फिर चुप पड़ी रही। मिनी स्तब्ध होकर सुन रही थी।

''कितनी मूर्ख हो तुम, जोशी!'' एक लम्बी साँस खींचकर, उसने उसी के आँचल से उसके अश्रुसिक्त चेहरे को पोंछ दिया, ''अपना पता ही जब किसी को नहीं दिया तो फिर, दोष भला किसका है!''

''मैं किसी को दोष ही कब दे रही हूँ मिनी, पर मैं अब यहाँ से आज ही भाग जाना चाहती हूँ। आज ही...समझी मिनी?''

''सुनो, जोशी!'' मिनी ने उसका हाथ पकड़ लिया, ''चाहने पर तुम आज ही बड़ी आसानी से यहाँ से भाग सकती हो। कलकत्ता जाओगी, तो तुम्हें सेनगुप्त नहीं छोड़ेगा। उसके गुप्तचर विभाग को मैं जानती हूँ। बोलपुर लाभपुर बस रूट से नानून को पहली बस जाती है, सुबह चार बजे, तुम उसी से पाकुड़हाँस चली जाओ। बैलगाड़ी की तीन मील की यात्रा तुम्हें वहाँ पहुँचा देगी। वहीं के एक पटुआ परिवार की बहू के दोनों बच्चे मेरे हाथ के हैं, उसी के लिए चिट्ठी दे दूँगी। सेनगुप्त परिवार का परिंदा भी वहाँ उड़कर नहीं पहुँच सकता। बेनूपद चित्रकर ही तुम्हें सांइथिया से कलकत्ता पहुँचा आएगा। कलकत्ते से तुम सीधी बंबई चल देना।''

"बंबई! वहाँ मैं किसके पास जाऊँगी?" चंपा के दोनों होंठ अभी भी काँप रहे थे।

"वही तो बता रही हूँ। आज ही बंबई से एक सेमिनार का निमंत्रण मेरी एक मित्र ने मुझे भेजा है। वर्ल्ड गाइनॉकोलॉजिस्ट मीट है। उसे मैं लिखकर सब समझा दूँगी। मैं न सही, तुम ही डेलिगेट बनकर बीरभूम को रिप्रेजेंट कर सकती हो। मिस्टर सेनगुप्त के आने पर मैं कह दूँगी कि डॉक्टर जोशी सीनियर डॉक्टर हैं, उनके वहाँ जाने से आपके अस्पताल की सुख्याति ही होगी। और जब तक तुम लौटोगी, मयूरी जा चुकी होगी। अगले हफ्ते ही मयूरी सेनगुप्त जापान जा रही है, यह मुझे ठीक पता है। उसके साथ ही उसकी मित्र भी निश्चय ही चला जाएगी। इस बार तो मैं तुम्हें बचा सकती हूँ, पर अगर तुम लौटकर आईं, तो शायद फिर नहीं बचा पाऊँगी।"

रात ही रात में फिर मिनी ने अनोखी सूझबूझ से, चंपा को अपनी एंबुलेंस में ही छिपाकर, नानूर पहुँचा दिया था। हिचकोले खाती बैलगाड़ी से उतरकर वह पाकुड़हाँस पहुँची, तो उस ग्राम के श्मशान के-से स्तब्ध सन्नाटे ने उसकी रही-सही चेतना भी हर ली। मुट्ठी-भर झोंपडियों की वह बियाबान बस्ती केवल कुछ कुत्तों के भौंकने से ही मुखरित हो रही थी। मिनी की चिट्ठी हाथ में लिए वह बड़े असमंजस में खड़ी थी कि गायों के रंभाते झुंड को हँकाता एक ग्वाला, उसे देखकर ठिठक गया, "काके खूंजच्छेन दीदी? किसे ढूँढ रही हैं, दीदी? अरे बेनूपद चित्रकर का घर ढूँढ़ रही हैं क्या? आइए, आइए, मैं ले चलूँ। बेनूपद का गाना मशीन में भरने आई हैं क्या दीदी?" वह फिर महा उत्साह से बेनूपद के कंठ की प्रशंसा के पुल बाँधता चंपा को छोटी-मोटी झाड़ियों के बीच से ले जाने लगा, "आहा, क्या गाता है बेनूपद! आज ही फेरी लगाकर नानूर से लौटा है। पिछले महीने भी कलकत्ते से कई बाबू मशीन में उसका गाना भरकर ले गए थे। हमें सुनाया भी था। बाप रे बाप! हमारे सामने मुँह एकदम बन्द किए बैठा है बेटा बेनूपद और गोल-गोल घूमती मशीन अविकल उसी के कंठ का गाना गा रही है :

अज राजार पुत्र राजा नामे दशरथ
सभा करे बसे आछे लये प्रजागन।

"ओ हे बेनू, देखो के ऐशेछेन?" एक खँजड़ से द्वार की साँकल खटखटाकर, उसने पुकारा और मैली-सी जीर्ण लुंगी लपेटे बेनूपद चित्रकर आधा द्वार खोलकर खड़ा हो गया।

चंपा ने उसे मिनी की चिट्ठी थमा दी। "आसून, आसून, दीदी।" उसने चिट्ठी पढ़ते ही, पूरा द्वार खोल दिया। आँगन में बिछे तख्त पर चटाई बिछी थी। उसे हाथ से ही झाड़-झूड़कर, वह हाथ जोड़कर खड़ा हो गया। "आप बैठें, मैं भागकर गिन्नी और बऊमा को बुला लाऊँ। लड़का आज हाट गया है। आप चिंता न करें, मैं पड़ोस की बैलगाड़ी माँगकर आपको साइंथिया पहुँचा आऊँगा।"

भागकर वह अपनी पत्नी और बहू को बुला लाया। उस स्नेही दरिद्र ग्रामीण के सरल आतिथ्य ने, चंपा की सारी थकान दूर कर दी। दिन-भर इधर-उधर मेले-हाटों में घूम वह बाप-दादों के चित्रांकित पटों को दिखा गा-गाकर ही अपने परिवार का भरण-पोषण करता था। किसी पट में परलोक गमन का दृश्य, किसी में भयानक यमदूतों के वराहदंत, किसी में नरक यातना का सजीव चित्रण और किसी में अष्टभुजा की अनुपम छवि अंकित थी।

"हमारा संप्रदाय बहुत पुराना है, दीदी," बेनूपद ने अपने डोरे से बँधा चश्मा उतारकर हाथ में ले लिया, "अब तो आँखों की ज्योति भी धीरे-धीरे जा रही है, पट ठीक से देख भी नहीं पाता। अंदाज़ से ही गाता चला जाता हूँ। वैसे हमारे पूर्वज चाणक्य के गुप्तचर थे। वाणभट्ट के 'हर्षचरित' में भी हमारे वंश का उल्लेख है।"

चंपा चौंककर उसे देखने लगी। मैली फटी लुंगी, पैबंद लगा अद्धी का कुर्ता, डोरी से बँधी ऐनक, देखने में एकदम अपढ़-गँवार दिखने वाले उस पटुआ के मुँह से बाणभट्ट का नाम सुन, चंपा का चौंकना भी स्वाभाविक था। बेनूपद चित्रकर को शायद उसकी यही आश्चर्यचकित मुखमुद्रा गुदगुदा गई। "सच कह रहा हूँ दीदी, बाणभट्ट के 'हर्षचरित' में राजधानी प्रवेश के समय, हम यम पर्यटकों को देखकर, श्री हर्ष अमंगल की आशंका से भयभीत हुए थे। पर आप न घबड़ाएँ, किसी शुभ कार्य के लिए जा रही हैं क्या? जान-जान[1] दीदी। आपका कोई अमंगल नहीं होगा। लोक्खीर पितीम[2] आपनी। हमारा अमंगल, अब हमारे ही संप्रदाय को चाट-चूटकर खा गया है। आमरा की आर अपया रयेछी दीदी[3]?" लेकिन, बहुत दिनों बाद उस यम पर्यटक का वह विचित्र प्रश्न स्वयं ही चंपा के कानों में गूँज उठा था। "किसी शुभ कार्य के लिए जा रही हैं क्या?"

---

1. जाइए, जाइए। 2. लक्ष्मी की प्रतिमा हैं आप। 3. हम क्या अब अमंगली रह गए हैं दीदी?

"आप शायद पैदा भी नहीं हुई होंगी, तब ही मैंने बर्दवान से काव्यतीर्थ की परीक्षा पास की। एक संस्कृत पाठशाला में नौकरी भी जुट गई थी, पर हमारे संप्रदाय की प्रथा भी विचित्र है। हिन्दू होकर भी हम रोज़ा रखते हैं। यही किसी ने एक दिन पंडित मोशाय से कह दिया। आग-बबूला होकर, मुझे सरहद से बाहर खदेड़ गए। बोले, 'म्लेच्छ, यम पर्यटक होकर देववाणी को कलंकित करने यहाँ आया है?' बस, तब से फिर पटुआ बनकर गाता हूँ।

हरिमती वेश्या छिल, महापापेर पापी
अन्नदान वस्त्रदान दानध्यानकरी,
स्वर्गलाभ करील वेश्या हरिमती।[1]"

एक ही दिन का परिचित वह पाकुड़हाँस का चित्रकर फिर उसे स्वयं ही बड़े यत्न से कलकत्ता पहुँचा आया था।

चंपा की गाड़ी छूटने तक बेनूपद ने उसका साथ नहीं छोड़ा। गाड़ी चली तो वह दोनों हाथ जोड़कर ऐसे खड़ा हो गया जैसे किसी देवस्थल के खुले पटों से किसी देवमूर्ति की वंदना कर रहा हो। "दीदी, भाग्य अच्छे थे, जो बेनूपद चित्रकर को घर बैठे ही माँ लक्ष्मी दर्शन दे गईं। अब नया पट बनाऊँगा, तो मूरत का रूप एकदम आप ही का नक्शा लेकर, स्वयं छिटक पड़ेगा।" कत्थे-तम्बाकू से सने दाँतों की कत्थई बत्तीसी दिखाकर, वह फिक् से हँस पड़ा, "जब लौटना हो, तो दीदी, इस सेवक को सूचित करना न भूलें। दास आपको लेने खुद ही सियालदह तक अपनी बैलगाड़ी हाँक लाएगा।"

बम्बई की गाड़ी में बैठते ही चंपा को अपनी बचकानी योजना के खोखलेपन का आभास हुआ। कैसी मूर्खता कर बैठी थी वह! उतनी बड़ी सेमिनार में, जहाँ भारत के एक से एक गुणी-अनुभवी विशेषज्ञ उपस्थित रहेंगे, वहाँ वह क्या कहकर अपना परिचय देगी? यह ठीक था कि मिनी ने अपनी सखी डॉक्टर सौदामिनी पाटिल को अपनी लम्बी चिट्ठी में उसका पूरा परिचय दे दिया था, यही नहीं, सौदामिनी का फोन नम्बर भी लिख दिया था कि वी.

1. महापाप की पापी हरीमती वेश्या ने भी जब एक दिन स्वर्ग-लाभ कर लिया, तो क्या अभागा बेनूपद पटुआ नहीं तर सकता?

टी. पहुँचते ही फोन करने पर, वह स्वयं गाड़ी लेकर उसे अपने साथ ले जाएगी। फिर भी चंपा का कलेजा बुरी तरह धड़क रहा था। कॉरीडोर वाले सँकरे दो बर्थ के उस कूपे में वह अकेली ही रहेगी, यह जानकर उसे प्रसन्नता ही हुई थी। मन की जैसी अवस्था थी, उसमें उसे ऐसे ही एकांत की कामना थी। चिटखनी बंद करने की एक-दो बार चेष्टा की। लगता था, जाम हो गई थी। हारकर, वह चादर बिछाकर लेट गई। तेज़ गति से भागी जा रही गाड़ी के हिचकोलों से ही शायद, उसकी आँखें स्वयं मुँदी जा रही थीं, किन्तु अनिद्रा, अब भी अभ्यास बनी चिरंतन रूप से उसकी पलकों पर जमकर बैठी थी। चेष्टा करने पर भी, वह कई रातों से सो नहीं पाई थी। इसी से आँखें अंगारे-सी दहक रही थीं। बैरा द्वार खटखटाकर खाने के लिए पूछ गया, पर उसे भूख नहीं थी। सिर दर्द से फटा जा रहा था, नाड़ी की गति देखकर वह समझ गई कि उसका यह सिरदर्द अनिद्रा या चिंताजनित नहीं है, उसे तेज़ बुखार ही जकड़ रहा है। चादर मुँह तक खींचकर उसने शरीर की कँपकँपी को दबाने का व्यर्थ प्रयास किया, तब क्या बीरभूम का कुख्यात मलेरिया ही उससे लिपट गया था। स्वयं अपने ही देह-ताप से, उसकी पसलियाँ झुलसने लगीं। आँखों से बह रहे विवशता के आँसू खौलते जल की ऊष्ण धार की भाँति उसके कपोलों को दग्ध कर उठे। ऐसे ज्वर में उस सर्वथा नवीन परिवेश में एक अनजानी महिला का आतिथ्य स्वयं ही आँचल फैलाकर माँगना था। स्लाइडिंग द्वार की खसखस सुनकर वह जान गई कि उसके कूपे का सर्वाधिक अब सुरक्षित नहीं रहा था। एक प्रकार से वह पदचाप उसे आवश्स्त ही कर गई थी। चलो, एक से दो तो हुए। कहीं तेज़ बुखार ने एकदम बेहोश ही कर दिया, तो एक घूँट पानी पिलाने वाला तो कोई जुटा। जूतों की खटपट, सामान की खसर-पसर, कुली की बहस के बीच, चंपा की बुझाई गई बत्ती फिर जली और बुझ गई। वह जानबूझकर ही चादर से मुँह ढाँपे पड़ी रही। शरीर की कँपकँपी अब उसकी बत्तीसी खटखटाने लगी थी। लज्जा से वह दोनों हाथों से दुखता जबड़ा दबाए मुर्दा-सी पड़ी थी। कर्णशूल की असह्य यंत्रणा उसे रह-रहकर तड़पा रही थी। उधर उसके सहयात्री ने डिनर का ही ऑर्डर नहीं किया, गटगटकर कुछ पेय घुटक, अपने तृषार्त कंठ को भी सिक्त कर लिया था। सेनगुप्त के कठोर चेहरे की स्मृति चंपा को उस अँधेरे कूपे में कल्पना का निशाचरी मुखौटा लगा अपने वराहदंतों की झलक से त्रस्त करने लगी।

बैरा के जाते ही, उस व्यक्ति ने खींच-खाँचकर अर्गला चढ़ा दी थी। चंपा चिटखनी की उस खटक से और भी भयभीत हो गई। कुछ ही दिन पहले मिनी ने ही तो उसे बताया था कि कैसे एक बार ऐसे ही डबल कूपे में, एक मदमत्त फौजी, उसका सहयात्री बन, बंडेल जंक्शन पर रात के बारह बजे भीतर घुस आया था। फिर, बत्ती बुझने से पूर्व, जिस नम्र-शिष्ट-सौम्य सहयात्री ने विशुद्ध अंग्रेज़ी में मिनी से धूम्रपान की विनम्र अनुमति माँग उसे अपने सभ्य आचरण से प्रभावित कर दिया था, वही बत्ती बुझते ही किसी असिलोमा दैत्य की भाँति, उसकी चादर खींचने लगा था।

वह तो साहसी मिनी ने, बिना कंडक्टर को बुलाए ही, अपनी पुष्ट हथेली के तीन-चार तमाचों से ही उसकी सारी ह्विस्की उतारकर रख दी थी। कहीं यह भी ऐसा ही निकला तब? तीव्र ज्वर में, बेसुध हुई जा रही, संकोची भीरु चंपा क्या चीख भी पाएगी?

कमरे की बत्ती बुझाकर, अब उसके सहयात्री ने नीली बेड लाइट जला दी थी। उसके कूपे में आते ही, जिस तीव्र सुगंध से चंपा के नथुने फड़क उठे थे वह और भी तीव्र हो गई। चादर से मुँह ढाँपे रहने पर भी, ज्वर में अचेतप्राय पड़ी चंपा को लगा कि उसने किसी फ्रेंच परफ्यूम की स्प्रे से पूरे कूपे में बड़े औदार्य से छिड़काव कर दिया है। थोड़ी ही देर में, उसकी गहरी श्वास-प्रश्वास के सधे उतार-चढ़ाव से चंपा जान गई कि वह सो गया है। धीरे से अपनी चादर हटाकर उसने देखा, उसका सहयात्री उसकी ओर पीठ किए सो रहा था।

बैठते ही चंपा पीठ की असह्य पीड़ा से तड़प उठी। लग रहा था, किसी ने आग में लाल-लाल तपाया तीखा भाला ही उसकी रीढ़ की हड्डी में भोंक दिया है। कंठ सूखकर जीभ तालू से चिपक गई थी। प्यास से व्याकुल होकर वह इधर-उधर देखने लगी। सहसा सहयात्री के सिरहाने धरे खाकी फ्लास्क पर उसकी दृष्टि पड़ी। हाथ बढ़ाते ही वह उसे लेकर अपनी प्यास बुझा सकती थी किन्तु वह यदि कहीं जग गया, तो क्या सोचेगा? एक बार पूछना ही उचित होगा। 'सुनिए,' उसने कहने की चेष्टा की, तो लगा सँड़सी से किसी ने उसका जबड़ा जकड़ दिया है। एक पल में ही अपने घातक रोग की भयावह वास्तविकता उसके अनुभवी चिकित्सक चित्त को त्रस्त कर गई। दस दिन पूर्व माँ के लिए काटे जा रहे ऐपल जूस के टिन की तीखी धार ने उसकी अँगुली काट दी थी। छलछलाकर रक्त की बूँद माँ के बिस्तर पर

टपकी, तो वह घबराकर उठ बैठी थीं।

"अरी, हाथ काट लिया क्या? कुछ लगा ले, ला-ला मैं पट्टी बाँध दूँ।"

"कौन-सा ऐसा घाव है ममी, ठीक हो जाएगा।"

उसकी वही लापरवाही क्या आज धनुष की भाँति उसकी रीढ़ की हड्डी को ऐसी निर्ममता से तोड़ने लगी थी? मृत्युशय्या पर असहाय पड़ी जननी की करुण आँखें उस अनचीन्ही महानगरी के किसी अस्पताल की मौर्चुरी में पड़ी, स्वयं उसकी अनक्लेम्ड मृत देह और उस रोग की भयावह यंत्रणा, जिसे उसे अंत तक चैतन्यावस्था में रहकर भी भोगना होगा, प्रकाश की किरण भी, जिसकी प्राणांतक वेदना को असह्य बना देगी—ओफ! वह भय से सिहर उठी। कँपकँपी का वही झटका उसे फिर मरोड़ गया। उसकी दबी चीख से चौंककर उसका सहयात्री हड़बड़ाकर उठ गया।

अधटूटी नींद के धुँधलके में ही, उसने स्विच ढूँढ़ने की चेष्टा की। फिर उसी नीली बत्ती के फीके प्रकाश में वह बड़े संकोच से, उस ऐंठी जा रही देह के सिरहाने खड़ा हो गया।

"क्या आपकी तबीयत ठीक नहीं है?" नम्र स्वर में उसने पूछा। सिसकियों से काँपती चादर से ढकी वह देह, सड़क पर बाज़ीगरी का तमाशा दिखा रहे किसी बाज़ीगर के जमूरे की-सी, चादर से ढकी, कटी रहस्यमय देह की भाँति तड़पने लगी। वह झुका, दोनों हाथों को क्षीण कटि के नीचे डालकर उसने उस काँपती देह को उलट दिया। चादर हटी और चेहरा देखकर वह ऐसे सहमकर पीछे हट गया, जैसे किसी फन उठाए तक्षक पर उसका पाँव पड़ गया हो। जिसे एक ही बार देखकर उसने कभी सहचरी बनाने का निश्चय किया था, जिसकी विशाल रसवंती आँखों ने, पहली ही भेंट में उसे एक अनोखी मोहक शक्ति से निमंत्रण दिया था, वही आज शंख की भाँति श्वेत असहाय पड़ी उससे दया की मूक याचना कर रही थी।

मधुकर एक बार फिर उस निर्दोष सुकोमल मुख-रेखाओं को देखकर मुग्ध हो गया। एक पल को निश्चल आँखें खुलीं, तब क्या उन सुन्दर नयनों की, निर्जीव निश्चलता ने भी उसे पहचान लिया था? चंपा का शरीर फिर ऐंठने लगा। लग रहा था, तीव्र ज्वर की तपन से तड़पती लड़की, असहाय और भयंकर अवस्था से छुटकारा पाने की प्राणपण चेष्टा कर रही थी।

"...क्या हो गया? कहाँ दर्द है? मुझे पहचान रही हो, चंपा? मैं हूँ मधुकर..." वह हँसने की चेष्टा करता एक कदम आगे बढ़ा, किन्तु चंपा की

उन्मादिनी दृष्टि देखकर, उसकी हँसी होंठों ही में सूख गई। कम्प की वही लहर, चंपा की दुर्बल देह को फिर झकझोर गई। तीव्र आँधी के वेग से दुहरे हो गए बेंत के लचीले पेड़-सी ही दुहरी होकर, वह नीचे लटक गई।

मधुकर ने लपककर उसे न थाम लिया होता, तो वह शायद नीचे गिर पड़ती। मधुकर ने उसी की बर्थ पर बैठकर, उसकी अंगारे-सी दहकती देह को थाम लिया। चंपा भयभीत दृष्टि से उसे देख रही थी। उसके अंग-अंग में शूल चुभ रहे थे। उसे यह भी नहीं सूझ रहा था कि वह कहाँ है। लगता था, जन्म-जन्मांतर की तापसी सहसा उन्मादिनी बन गई है। लुप्तप्राय चेतना के बीच भी, वह अपने हृदय की विचित्र धड़कन को स्पष्ट रूप से सुन रही थी। कहाँ गया उसका भय, उसकी विवशता? रोम-रोम को, यह कैसी आनंदमय चेतना सहसा उज्जीवित कर उठी थी!

चंपा ने एक बार फिर आँखें खोलीं, अपने तप्त ललाट पर धरे उस हाथ को, बड़े अधिकार से समेट, अपने धड़कते हृदय पर दबाकर, फिर आँखें बंद कर लीं। मृत्यु, मृत्यु, मुझे अब तेरा भय नहीं है। देखती नहीं, एक आनंदमय आमंत्रित अधीनता के बन्धन ने मुझे निर्भय कर दिया है! पीड़ा से ऐंठी देह मधुकर की बाँहों में शिथिल होकर शांत पड़ी रही।

रोग पहचाने में मधुकर ने भूल नहीं की थी। इतना वह जान गया था कि विधाता ने चंपा को उसकी बाँहों में भरने ही को लौटाया है। टिटनेस की इस अवस्था से उसका बचकर निकलना एक प्रकार से असंभव था। बम्बई पहुँचने में अभी एक घंटे की देर थी और पल-पल का वह विलम्ब ही उस रोग को असाध्य बना सकता था। इसी से जब वह आधी रात को दक्ष-यज्ञ से सती की मृत देह लटकाए रुद्र शिव के रूप में ही अपने फ्लैट की घंटी बजाकर खड़ा हुआ, तो उसका पहाड़ी नौकर केसरसिंह स्वामी की लाल-लाल आँखें देख भय से सहम दो कदम पीछे हट गया था। "हे भगवान्, आज यह कैसा मुर्दा लटकाए घर लौट आया है उसका सिरफिरा साहब!"

"क्या बात हो गई साब, कौन हैं ये?" उसने पूछा तो मधुकर झुंझला उठा, "तू बहस मत कर, जा, जल्दी फोन कर एम्बुलेंस बुला। अभी अस्पताल ले जाना होगा।"

उसी रात को वह फिर चंपा को लेकर अस्पताल चला गया। पंद्रह दिनों तक निरंतर मौत से जूझकर ही वह उसे यम-द्वार से लौटा पाया। चंपा की चेतना एक क्षण को भी विलुप्त नहीं हुई थी। यही तो उस विचित्र रोग की

विशेषता थी। रोगमुक्त होकर भी वह एक शब्द अब तक न बोली थी। फिर भी, जितनी ही बार वह अपनी गाय की-सी स्निग्ध दृष्टि से मधुकर को देखती, वह अपने धड़कते हृदय की धड़-धड़ को कनपटी पर बजते सुनने लगता।

"आज तुम्हें छुट्टी मिल गई है। पाँच बजे घर चलेंगे, चंपा!" उसने बड़े उत्साह से भूमिका बाँधी, पर चंपा अपनी उसी रहस्यमयी चावनी से उसे व्याकुल कर गई।

उस दृष्टि में व्याकुलता थी या आनंद? मधुकर उसे अपनी बाँह का सहारा देकर कार में बिठाने लगा, तो वह संकोच से हटकर खिड़की के पास बैठ गई। लिफ्ट से उतरकर वह फिर किसी पालतू बिल्ली की ही भाँति चुपचाप मधुकर के पीछे-पीछे चलती, उसके बताए कमरे में जाकर पलँग पर लेट गई। लगता था, बीमारी ने उसके सोचने-समझने, बोलने, बहस करने की शक्ति का आमूल विध्वंस कर दिया है। मानसिक रूप से अपूर्ण, अपरिपक्व, किसी मंगोल शिशु की-सी ही उसकी वह अटपटी चाल देखकर, मधुकर मन ही मन भयभीत भी हो गया था। तब क्या यह संभव था कि उसकी आकस्मिक बीमारी उसके मस्तिष्क को विकृत कर गई थी? ऐसा तो इस रोग में कभी नहीं होता। यदि आरोग्य हुआ, तो संपूर्ण आरोग्य ही होता है। पर न वह किसी प्रश्न का उत्तर ही देती थी, न स्वयं कुछ प्रश्न पूछती थी। दूध, सूप या फलों का रस केसरसिंह लाकर रख जाता। मधुकर उससे पीने को कहता, तो वह आज्ञाकारिणी बालिका की ही भाँति प्याला मुँह से लगा, एक साँस में घुटक जाती। खाली प्याला फिर बड़ी देर तक उसके हाथों ही में रह जाता।

"चंपा, लाओ प्याला मुझे दो, मैं रख दूँ।" मधुकर कहता तो वह ऐसे चौंक उठती, जैसे किसी ने गर्म सलाख से दाग दिया हो। एक कमरे के उस फ्लैट में मधुकर अब जाफरी में सोता था। चंपा को अस्पताल से आए तीन दिन हो गए थे, किन्तु उसकी रहस्यमयी चुप्पी अब भी पूर्ववत् थी। रात को उसे दवा खिलाकर मधुकर को एक मरीज़ देखने जाना था। जब लौटा, तो वह सो चुकी थी। डर-डरकर मधुकर ने पर्दा उठाकर झाँका। वह गहरी नींद में सो रही थी। सुडौल बाँह का तकिया बन जाने से ब्लाउज ऊपर उठ गया था। वक्ष पर पड़ी सोने की चेन स्वर्णिम फेनिल तरंगों-सी, उठ-उठकर गिर रही थी। चादर खिसककर पैरों के पास पड़ी थी। उसके रूप की अज्ञात

छटा, निद्रावस्था में द्विगुणित होकर पूरे कमरे में फैल गई थी। अंग-अंग की उस अपूर्व गढ़न को वह एकटक देखता रहा, फिर उसने विमूढ़, विकंपित हाथों से उसे चादर ओढ़ा दी। जिस रत्न को उसने कभी सामान्य असावधानी से गँवा दिया था, विधाता आज स्वयं ही उसे महाऔदार्य से लौटा गया था। ''कौन?''—क्षीण स्वर में पहली बार पूछे गए उस प्रश्न ने मधुकर को उन्मत्त कर दिया। उसका लुप्तप्राय साहस सहसा जगरित हो गया। वह आगे बढ़ा, ''मैं हूँ चंपा, डरना नहीं, मैं जाफरी में सोया हूँ।''

वह उसके कानों के पास झुका और उस अक्षत कौमार्य की मादक सुगंध महुआ की मदीली पुष्पगंध-सी ही उसे मत्त कर उठी। शत्रु बना पुष्पधन्वा अपने धनुष की डोर कान तक खींच चुका था।

पंचदशी की धौत चंद्रिका में मोती-से उजले कर्णमूल की गुलाबी आभा उसके अधरों को चुंबक-सा खींचने लगी। ''चंपा,'' उसके स्वर में भौंरे की सी गुनगुन की मिठास स्वयं उतर आई, ''सोचा था, तुम्हें बाजे-गाजे के साथ ही एक दिन यहाँ लाऊँगा, पर तुम ऐसे स्वयं चली आओगी, यह मैंने कभी स्वप्न में भी नहीं सोचा था।''

चंपा चुपचाप पड़ी थी। उसके किसी भी अंग में जैसे चेतना बची नहीं रही। केवल उसकी श्रवणेन्द्रियाँ ही उस अमृत-वृष्टि से सिंचित हो रही थीं।

''सुनती हो चंपा!'' उसने अपने उलझे बालों से उसका चेहरा ढाँप दिया था। उसके दुर्बल कन्धों को अपनी वज्र पकड़ में जकड़कर वह फिर बोलता चला गया, ''अब तुम्हें नहीं भागने दूँगा। मैंने सब सोच लिया है। इसी इतवार को हम स्वयं अपना भाग्य साध लेंगे। रजिस्ट्री विवाह की मैं पूरी जानकारी रखता हूँ। अभी-अभी मेरे मित्र डॉक्टर पाटस्कर ने एक एयर होस्टेस से विवाह किया है। फिर हम निकल जाएँगे अपने हनीमून पर। ऐसा हनीमून संसार में न हमसे पहले किसी ने मनाया होगा, न मनाएगा। जानती हो कहाँ ले जाऊँगा तुम्हें? जहाँ आज तक विश्व का कोई भी रंगीन जोड़ा हनीमून मनाने नहीं गया। काला पानी...'' वह हँसा और पुरुष की हँसी की उस विचित्र गुदगुदी ने चंपा के सुचिक्कन कपोलों को, जीवन मे पहली बार गुदगुदा दिया।

''वहाँ मेरा एक मित्र रहता है, डॉक्टर पैट्रिक डिसूजा। उसे ही मैंने लिख दिया है। काला पानी ही जाकर हम हनीमून मनाएँगे, चंपा। जानती हो क्यों? इसलिए कि मौत की सज़ा पा गई बंदिनी को छुड़ाकर लाया हूँ मैं। मौत से

छीनकर ही मैंने अपनी प्रियतमा को पाया है।" मधुकर के रोम-रोम से जैसे लपटें उठ रही थी। इतने बर्षों के जीवन में अभी तक ऐसे ताप, ऐसी व्याकुलता का अनुभव उसे पहले कभी नहीं हुआ था। झुककर उसने चंपा के कमनीय चेहरे को तप्त चुंबनों से ढक दिया।

चंपा को लगा, शत-सहस्र सूर्यों की दीप्ति से दीप्त जो मुख उसके चेहरे पर झुक आया है, उसके अमित तेज की जाज्वल्यमान किरणों ने उसे भस्म कर दिया है। किंतु उस दुःसह अग्नि का दारुण दाह उसे यह कैसी अपूर्व शांति दे रहा था! कैसा अनिर्वचनीय सुख!

अगाध जलराशि में डूबी जा रही उसकी चेतना अब एक ही अभिराम मुखाकृति का ध्यान कर रही थी। रात कब बीत गई, वह जान भी नहीं पाई। सुबह जगी और व्यग्रता से इधर-उधर देखने लगी।

तब क्या वह सपना देख रही थी? उसने हाथों को देखा, आँखें मलीं, लेकिन कहाँ था मधुकर? वह स्वयं कहाँ थी? उसका मूर्ख हृदय किस आशा से पूरित होकर उछल रहा था? कौन-सी मादकता उसके चित्त को आज ऐसे चंचल कर रही थी?

सेनेटोरियम में पड़ी भगवती, जुही की निर्लज्ज हँसी, उद्दंड मयूरी सेनगुप्त की चेतावनी, सेनगुप्त की वासनामयी दृष्टि, सब कुछ वह कैसे भूल गई थी? धीरे-धीरे अचानक विचारशून्य हो गए उसके मस्तिष्क ने पार्श्व परिवर्तन किया। वह उठकर बैठ गई। मोहक स्मित ने स्वयं ही उसके अधरों को सँवार दिया।

किसी स्लेट पर लिखी गई मनहूस लिपि को उदार नियति ने पोंछ-पोंछकर स्वयं ही साफ कर दिया था। वही लिपि, जिस पर दृष्टि पड़ते ही वह रह-रहकर सहम, आँखें मूँद लेती थी। "इस नई स्लेट पर नए अक्षरों में अब तू मनचाही लिपि में अपना भाग्य लिख ले चंपा।" जैसे विधाता ने हँसकर उसे अपनी लेखनी ही थमा दी थी।

पैरों की आहट से वह सहसा चौंककर फिर लेट गई। निश्चय ही यह मधुकर की पदचाप थी। इतने ही दिनों में वह उस पदचाप को ठीक ही पहचाने लगी थी। सब उलझनों को भुलाकर उसने अपने को मधुमय पराधीनता में जकड़ जाने को छोड़ दिया।

"क्यों, कैसी तबीयत है? कल रात तो खूब अच्छी नींद आई होगी।

क्यों?'' उसकी अर्थपूर्ण हँसी से सँवरे प्रश्न ने चंपा के पीताभ कपोलों पर मुट्ठी-भर अबीर बिखेर दिया।

''जरा सोचो तो, डॉक्टर जोशी,'' उसी की पलंग की पाटी पर बैठकर, मधुकर ने उसके दोनों हाथ थाम लिए, ''अगर मैं उस दिन उस कूपे में न होता तब?''

निश्चित भाव से हँसता हुआ उसका दुःसाहसी प्रेमी थोड़ा और झुका, ''क्यों डॉक्टरनी साहबा, कभी सोचा है? मैं न मिलता, तो तुम न घर की रहतीं, न घाट की। पर यह तो बताओ, क्या जानबूझकर ही यह इनफेक्शन लगाकर उस कूपे में लेट गई थीं?''

चंपा का सहज संकोच न जाने स्वयं ही कहाँ विलुप्त हो गया था! वह उसे एकटक देख रही थी। उसे लगा कि उस तेजस्वी व्यक्ति के बिना वह अब जीवित नहीं रह सकती। इसी मुग्ध दृष्टि से आवश्स्त होकर, मधुकर ने उसे दोनों हाथों से खींचकर बिठा दिया। फिर उसके चेहरे से चेहरा सटाकर वह फुसफुसाने लगा, ''तुम जिस दिन मुझे छोड़कर सहसा लखनऊ से जादुई बौने-सी अदृश्य हो गई थीं चंपा, उसी दिन मैंने कसम खाई थी कि एक दिन इस अकड़बाज छोकरी को सबक सिखाकर रहूँगा। अब अगर यह कभी मेरे पैरों पर सिर रखकर नाक भी रगड़ेगी, तब भी इसे ग्रहण नहीं करूँगा। पर जब उस दिन तुम्हें उस कूपे में असहाय पड़ी देखा, तो सब कुछ भूल गया। तुम ऐसे क्यों भाग गई थीं, चंपा?''

अपनी यूनानी नाक को वह चंपा के कपोल के एकदम निकट ले आया। चौंककर चंपा ने अपनी बड़ी-बड़ी आँखों से उसे ध्यान से देखा। यह प्रश्न तो उसे पूछना था। वह कहाँ भागी थी? भगाया तो स्वयं मधुकर के उग्रतेजी पिता ने था। तब क्या मधुकर कुछ भी नहीं जानता था?

''साब, आप क्या खाना खाकर जाएँगे?'' केसरसिंह के प्रश्न ने दोनों को चौंकाकर विलग कर दिया।

''हाँ, केसरसिंह, सूटकेस में मेरे कपड़े भी लगा देना।''

चंपा का कलेजा डूब गया। मधुकर क्या कहीं जा रहा था? आज तक तो निराधार रहने पर कैसे ही एकांत से भी कभी नहीं घबड़ाई थी, उसे ही आज एक पुरुष का अवलंब कितना असहाय बना गया था, कितना दुर्बल!

''मुझे अपने इंटरव्यू के लिए आज दिल्ली जाना है चंपा, शनीचर को लौट आऊँगा। नौकरी का इंटरव्यू होता, तो तुम्हें छोड़कर कभी नहीं जाता,

एक फेलोशिप का इंटरव्यू है। केसरसिंह है तो छोटा, पर बड़ा समझदार लड़का है। तुम्हें जरा भी तकलीफ नहीं होने देगा और तीसरे दिन तो मैं लौट ही आऊँगा।''

मधुकर गया, तो चंपा उठकर उसके पूरे फ्लैट की परिक्रमा कर आई। वाचाल केसरसिंह ही उसका गाइड बना उसे घुमा रहा था।

''यह देखिए मेम साब, बंबई का सबसे ऊँचा बिल्डिंग 'उषा किरन'। क्या आपके अल्मोड़े की बानड़ी की चोटी से कुछ कम ऊँची है साली!'' केसरसिंह के जिह्वाग्र पर गालियों का एक गुलदस्ता सदा सजा रहता। मधुकर के बार-बार डाँटे जाने पर भी वह अपना बदअभ्यास नहीं छोड़ पाया था।

''घूमने चलेंगी मेम साब, आपको धीरे-धीरे चलाकर, पूरी चौपाटी घुमा सकता हूँ मैं।'' उस किशोर की उत्साह से चमकती आँखों की छूत फिर चंपा को भी लग गई थी। दो दिन तक वह उसके साथ टहलने ही नहीं आई, पूरे फ्लैट की उसने कायापलट ही कर दी थी। नमूने की दवाइयों के डिब्बों में अनाड़ी हाथों से ठूँसे गए मसालों को उसने प्लास्टिक के जार मँगवाकर, करीने से सजा दिया था। फिर मधुकर के कमरे में इधर-उधर फैली पुस्तकों को उसने यत्न से चुनकर लगा दिया था। उसके साथ काम कराता केसरसिंह अपनी बकर-बकर से उसका निरंतर मनोरंजन करता रहता।

''अच्छा मेम साब, तुम तो इस बार 'तिंथाणा' (मसान) से लौटी हो, खूब अच्छी पूजा दोगी न? जागर (पूजा) लगाना मेम साब। निश्चय ही तुम्हारा 'दूयाप्त' (देवता) बिगड़ा होगा। अच्छा देखकर एक काले बकरे की बलि देना चितई के मंदिर में। अच्छा मेम साब, शादी कब होगा आपका?'' मधुकर के रेशमी कुर्ते को तहाती चंपा उसी परिधान की पूर्वस्मृतियों में डूब-डूबकर उतरा रही थी। इसी कुर्ते में उसने मधुकर को पहली बार देखा था।

केसरसिंह का प्रश्न उसे चौंका गया।

''शादी! किसकी?'' उसने हँसकर पूछा।

''क्यों?'' घुटने में सिर छिपाता, केसरसिंह स्वयं किसी अवगुंठनवती नवोढ़ा की भाँति लजाता लाल पड़ गया।

''आपकी शादी साब से हो रही है! सब पता है मुझको, पर बाप कसम मेम साब,'' वह फिर उसके पास खिसक आया, ''बीमारी ने आपका चेहरा एकदम बदल दिया है, फोटू से ज़रा भी नहीं मिलतीं आप। आपका फोटू

तो सिरहाने धरकर सोता है साब।"

"किस फोटो से रे?" चंपा हँसी, पर उसका कलेजा आनंद से कपाली की भाँति नर्तन कर उठा। तब क्या उसकी सगाई की तस्वीर ही सिरहाने धरकर सोता होगा मधुकर? उसे लगा, वह अचानक हवा में उड़ी चली जा रही है।

"और क्या! लाऊँ मेम साब?" केसर की आँखों में नटखट बालक की-सी चमक आ गई। भागकर वह एक बड़ा-सा लिफाफा लाकर उसे थमा गया और घबड़ाकर चौके की ओर भागा, "अरे, बाप रे बाप! दूध स्टोव पर धरकर ही भूल गया। साला केसरुवा। धत् तेरा नास हो खसिया!"

उस एकांत फ्लैट में केसरसिंह स्वयं ही अपने को गालियाँ देकर प्रायः ही ऐसे अपना मनोरंजन करता था। चंपा को हँसी आ गई। इस आनंदी लड़के ने ही उसकी बीमारी की थकान को शायद किसी मृत्युंजयी टॉनिक के ही चमत्कार से दूर भगा दिया था। लिफाफा खोलकर उसने तस्वीर निकाली और उसके साथ ही पाँच-सात चिट्ठियाँ उसकी गोद में झर-झरकर गिर गईं।

कुछ क्षणों तक वह तस्वीर को हाथ में लिए पत्थर बनी देखती रही।

जया की तस्वीर से झाँकती उसकी वे तीखी आँखें आग्नेय लपटों से उसे झुलसा उठीं।

मुखरा जया के अधर उस निर्जीव तस्वीर में ही फड़कने लगे। उस लावण्मयी किशोरी ने जैसे पद्मासन लगाकर, मुनियों का ध्यान भंग करने की मुद्रा में ही तस्वीर खिंचवाई थी। चंचल नयनों की खंजन छटा, अंगों की स्फुट किन्तु अनुपम रेखा उसने क्या फोटोग्राफर से साँठ-गाँठकर "रिटच" करवा के ही भेजी थी?

ऐसी तो जया नहीं थी! ठीक ही कह रहा था छोकरा केसरसिंह, इस चतुर चेहरे की एक भी रेखा से क्या उसके चेहरे की किसी रेखा का साम्य हो सकता था!

पहले वह हिचकिचाई, फिर उसने एक-एक कर उस मुग्धा किशोरी के सातों पत्र पढ़ लिए। एक से एक मौलिक संबोधन उसे वृश्चिक से डंक देते चले गए थे। सस्ती खुली भाषा में उस पत्र लिखने वाली ने अपने हृदय में उमड़ रही वेगवती प्रणय-धार का स्पष्ट जीवंत चित्र खींचकर भेज दिया था। प्रत्येक पत्र में केवल एक ही निर्लज्ज निवेदन था, मधुकर ने यदि उससे अब विवाह नहीं किया, तो वह ज़हर खा लेगी; आठवें पत्र में तो वह किसी विवस्त्रा वारवधू की भाँति स्ट्रिपटीज कर, निर्लज्जता से प्रेमी के सम्मुख खड़ी हो, उसके

पौरुष को ही चुनौती दे गई थी। "यह आपको हमारा आठवाँ पत्र है, अभी तक आपने हमें एक लाइन भी नहीं लिखी, सगाई को पूरा महीना हो गया, फिर भी हम आपको अपनी तस्वीर भेज रहे हैं। इतना समझ लीजिए डाक्टर साहब, इस सगाई को आप आसानी से नहीं तोड़ सकते। क्योंकि हमने सुना है (शायद आपने भी सुन लिया होगा) कि आपके पिताजी ने अपनी शिखा में गाँठ लगाकर शपथ ली है। यदि आपने यह विवाह नहीं किया, तो वे प्राण दे देंगे। ब्रह्महत्या लगेगी अपको श्रीमान्! क्यों क्या चंपा दी को अभी भी नहीं भूले हैं आप? तब कान खोलकर सुन लीजिए। हमें छोड़कर आपने किसी दूसरी का अँगूठा थामा, तो हम भी प्राण दे देंगी। यही नहीं, आप जहाँ भी रहें, अकेले या दुकेले, जया की प्रेतात्मा आपसे सदा चिपटी रहेगी। जो भी हमारा सोहाग छीनेगी, उसे हमारी आत्मा कभी शांति से नहीं रहने देगी..."

काँपकर चंपा ने दूसरी चिट्ठी उठाई। यह मधुकर के पिता की थी। आशीर्वाद सहित उन्होंने बड़े संतोष से ही पुत्र को उसके विवेकपूर्ण निश्चय के लिए बधाई देकर पत्र लिखा था।

"तुम्हारा पत्र आज ही मिला। मुझे तुमसे ऐसे ही पत्र की आशा थी। शुभ कार्य में मैं अब विलम्ब करने के पक्ष में नहीं हूँ। अगले ही महीने कन्यापक्ष के परिवार को लेकर बंबई पहुँच रहा हूँ। यही तुम्हारी भी इच्छा है। कल्याण में कन्या के फूफा रहते हैं। वहीं से तुम्हारी इच्छानुसार, एकदम सादगी से ही यह शुभ कार्य संपन्न किया जाएगा।

तुम्हारा पिता
—रामदत्त"

पत्र चंपा के बम्बई पहुँचने के एक दिन पहले पहुँचा था। दूसरे ही दिन, मधुकर के सुव्यवस्थित जीवन में वह काल-वैशाखी की ही तेज़ी से आकर तोड़-फोड़ कर गई थी?

झाड़न से हाथ पोंछता, हँसता केसर अब उसके सम्मुख खड़ा हो गया, वह जान भी नहीं पाई।

"सब साला दूध उबला चला गया। ये साली गैस स्टोव की आँच ही

बदजात होती है, मेम साब। अपने पहाड़ का चूल्हा हुआ, तो जब चाहा लकड़ी लगाकर आँच तेज़ कर ली, जब चाहा, बाहर निकाल, मंदी कर ली। पर ये हमारी गैस तो चिता के माफिक धू-धू कर जली जाती है। साब से कई दफे कहा, साब, एक छोटा चूल्हा डाल लूँ? पर एकदम बिगड़ गया साब। अब तुम आ जाओगी मेम साब, तो छोटा-सा चूल्हा डाल लेंगे। फिर आपको उस आँच की सिंकी पहाड़ी बेड़ रोटी खिलाऊँगा। फूलकर एकदम डिब्बा, अन्दर से हींग से छौंकी उड़द की पिट्ठी। मेरी भौजी कहती थी, 'लला, शादी से पहले तुम्हारे हाथ की बेड़ुआ रोटी खाई होती, तो क्या तुम्हारे इस निकम्मे दाज्यू के आँचल लगती!' बड़ी मज़ाकिया हैं हरामिन भौजी।" वह खुक से हँसा, फिर भावी स्वामिनी का सफेद चेहरा उसे सहमा गया। "क्यों, मेम साब, तबीयत ठीक नहीं लग रही है क्या? लेट जाइए आप। सुबह से तो चरखी माफिक घूम रही हैं। चाय बना लाऊँ एक कप?"

अपने दोनों बेलन-से मोटे पैरों को मोड़, वह दोनों हाथ घुटनों पर टिका किसी किशोर क्रिकेटर की मुद्रा में खड़ा हो गया। इस अल्पभाषिणी सुंदरी मेम साब की सेवा में वह सदा पलक पाँवड़े बिछाने को तत्पर रहता था। गर्दन हिलाकर ही चंपा अपने कमरे में चली गई।

अपने सुनहले भविष्य के जिस भव्य प्रासाद की अटारी पर वह अपने वैभव को स्वयं ही अविश्वास से निहारती मुग्ध खड़ी थी, उसे किसी ने देखते ही देखते डायनामाइट से उड़ाकर भूमिसात् कर दिया था। सुख के शिखर पर पहुँचाकर, स्वयं नियति ने ही उसे निर्मम हृदयहीनता से नीचे गिरा दिया था। अब उस शिखर की ओर मुँह उठाकर देखना भी महामूर्खता थी। अनिश्चय की स्थिति, फिर उसे अविवेक की घाटी में लुढ़का सकती थी। मधुकर के आने से पहले ही उसे अपना निश्चय लेना था। एक बार वह आ गया, तो फिर वह असहाय बन उठेगी। उद्धार का फिर कोई उपाय नहीं रहेगा। रामदत्तजी ने यदि सचमुच ही आत्महत्या कर ली, और जया? उसे तो वह बचपन से ही देखती आई थी। उस भावुक लड़की के लिए आवेश में किया गया कोई भी मूर्खतापूर्ण कार्य असंभव नहीं था। दो-दो हत्याओं का भार वहन कर, क्या वह मधुकर को सुखी कर पाएगी?

जल्दी-जल्दी सूटकेस में कपड़े धरकर वह तैयार हो ही रही थी कि केसरसिंह आ गया। बाज़ार से सब्ज़ी का थैला लटकाए वह लौटा, तो अपनी

मेम साब के लिए बेले का पन्नी-गुँथा गजरा भी लेता आया था।

"एकदम कली का गजरा है साला, गीले कपड़े में लपेटकर रखना बोला है मेम साब। कल तक खिल जाएगा। साब तो कल आएगा न!" फिर अपने रंगीन प्रस्ताव से स्वयं ही लड़कियों की भाँति लजाकर उसने सिर झुका लिया।

"केसरसिंह," चंपा का शांत स्वर एकदम संयत था, "मुझे तो आज ही जाना पड़ गया है रे, अभी तू गया तो तार आया था।"

"कहाँ जाएँगी आप, मेम साब?" केसरसिंह उदास हो गया। अपने साहब और उस सुन्दरी भावी मेम साब की कोर्टशिप में उसे फिल्म देखने का ही आनन्द आने लगा था। आज सुबह से ही न जाने कैसी कुम्हला गई थीं मेम साब। कल तक तो एकदम ठीक थीं।

फिर कब आएँगी मेम साब ! केसर सिंह का रुआँसा स्वर चंपा को एक पल के लिए विचलित कर गया।

"कब आऊँगी? कैसे कहूँ केसरसिंह! मेरा आना और जाना क्या अपने हाथ में रहता है रे! मैं तो नौकरी करती हूँ, पगले!" कलेजे की बँधी रुलाई कंठ में गह्वर बनकर उसका गला घोंट रही थी। सुरीले कंठ से रामायण का पाठ करती भगवती का स्वर सहसा उसके कानों में बजने लगा। कल तक कैसी नौकरी के सुनहले सपने देख रही थी वह मूर्ख!

नाथ उमा मम प्राण सम, गृह किंकरी करेउ,
छमहु सकल अपराध अब, होय प्रसन्न बर देहु।

केसरसिंह के हाथ में पाँच का नोट ठूँस, वह फिर चुपचाप बाहर निकल आई थी।

आधी रात को वह स्टेशन से पैदल ही चलकर घर पहुँची। द्वार खटखटाया तो मिनी उसे देखकर, चीख ही पड़ी थी, "कहाँ चली गई थीं तुम—यह चेहरा कैसा बना लाई हो—बीमार हो गई थीं क्या? हे भगवान!"

बिना कुछ कहे ही, सूटकेस नीचे रख चंपा कुर्सी पर बैठ गई।

"मैंने सौदामिनी को फोन किया, जब उसने कहा कि तुम वहाँ पहुँची ही नहीं हो, तो मैं बौरा-सी गई। न तुम्हारा कोई तार आया न चिट्ठी, तब क्या ट्रेन ही में कोई दुर्घटना हो गई थी! फिर यहाँ इतनी बड़ी दुर्घटना हो गई!"

"कैसी दुर्घटना?" चंपा ने अपनी क्लांत आँखें उठाकर उसे देखा।

"पूछती हो कैसी दुर्घटना!" मिनी ने हँसकर आल्मारी खोली। गिलास में ब्रांडी निकालकर उसे थमाई, "लो, पहले इसे घुटक जाओ, तब सुनाती हूँ।" न चाहने पर भी, चंपा ने गिलास मुँह से लगाकर एक ही साँस में घुटक लिया। कंठनली को दागती, नीट ब्रांडी की दुनाली उसके कलेजे को दग्ध कर गई। क्लांत शरीर में चेतना की लहर दौड़ गई।

"कैसी दुर्घटना?" उसने फिर कहा।

"तुम्हारे जाने के दूसरे ही दिन बड़े तड़के मिसेज सेनगुप्त मुझे बुलाने यहाँ आ गईं। थैंक गॉड, तुम नहीं थीं। तुम होतीं, तो तुम्हें ही ले जातीं। तुम्हारी बहन की तबीयत अचानक खराब हो गई थी। तुम्हारी बहन का केस न होता जोशी, तो मैं कभी नहीं जाती। पहुँची तो देखा लड़की दर्द से तड़प रही है। तब ही मयूरी सेनगुप्त इंस्ट्रक्शंस देने लगी—सैलाइन इनडक्शन और इनड्यूस्ट पेंस! जी में आया, एक झापड़ मारकर, छोकरी का मुँह उत्तर से दक्षिण दिशा को मोड़ दूँ! करम करेंगी ऐसे और फिर हमें डाक्टरी सिखाएँगी। सारी रात, मौत से जूझकर ही बचा पाई थी लड़की को। सरासर झूठ बोल गई थी दोनों। कहती सोलहवाँ सप्ताह है, पर कम से कम बीसवाँ सप्ताह था। चौथे ही दिन उसे दिल्ली पहुँचाकर, मिस्टर सेनगुप्त मयूरी को साथ लिए, स्टेशन से लौट रहे थे कि उनकी लिमोसीन की धज्जियाँ उड़ाकर, पठानकोट एक्सप्रेस धड़धड़ाती निकल गई। दोष मिस्टर सेनगुप्त का ही था; गुमटी के चौकीदार को डरा-धमकाकर ही फाटक खुलवा लिया था। सोचा था, ट्रेन तो कहीं दिख नहीं रही है, चट से निकल जाएँगे। पर सिर पर धरी पाप की गठरी का ध्यान नहीं रहा था बेचारे सेनगुप्त को। अंग-अंग कटकर दूर-दूर तक छिटक गए थे। कहीं कटा हाथ, कहीं कटा पैर। ओफ! बीभत्स दृश्य था, जोशी। बाप-बेटी का ऐसा अंत देखकर मिसेज़ सेनगुप्त एकदम ही गूँगी बन गई हैं। चुपचाप बैठी ही रहती हैं। ट्रैंक्विलाइज़र दे-देकर कई दिनों तक मैंने उन्हें बेहोश रखा। जैसे ही होश में आती हैं, बस तुम्हारा ही नाम लेती हैं। कहती हैं—

"उसे बुला दो मिनी, अब अपनी सारी संपत्ति उसी के नाम कर, मैं कहीं दूर चली जाऊँगी। मेरी माँ है वह, वही अब अस्पताल को सँभालेगी।"

"उनका चेहरा मुझसे अब देखा नहीं जाता। तुम सोच नहीं सकतीं, आई हैव गान थ्रू हेल। इतने दिनों से उन भावनाहीन आँखों को देखते-देखते ईवन आई नीड ए शॉट।"

चंपा फिर अकेली ही गई थी। अपनी भव्य बैठक की ऊँची मखमली कुर्सी में धँसी कमलेश्वरी अडिग-मूर्ति-सी ही बैठी थीं। न उन आँखों में आँसू थे, न शुष्क अधरों पर वाणी।

स्वामिनी की ही भाँति पत्थर बन गई खुदू यमदूत-सी द्वार पर खड़ी थी। चंपा आगे बढ़ी, धनुष की तरह लंबी उसकी आँखें स्थिर थीं। होंठ दृढ़ता से दबे थे। कमलेश्वरी के पैरों के पास बैठकर उसने घुटनों पर धरे, उसके ठंडे हाथों को थाम लिया, मुँह से एक शब्द न कहने पर भी, जैसे दोनों ने एक-दूसरे के हृदय में उमड़ रही तरंगों को छू लिया था। न जाने कब तक दोनों आमने-सामने मूर्तियों-सी ही निश्चल बैठी रही थीं। फिर शांत, निरुद्वेग स्वर में कमलेश्वरी ने ही उससे कहा था, "चंपा, तुम अब मुझे छोड़कर कहीं मत जाना।"

उन करुण आँखों की मौन वेदना ने ही चंपा को बाँध लिया था। उस दिन से फिर वह अपने बंगले में सात-आठ दिन तक नहीं जा पाई। आठवें दिन, कमलेश्वरी स्वयं ही जाकर उसका सब सामान उठा लाई थीं।

"चंपा," इधर उसके प्रभावशाली कंठ-स्वर की झनक ही जैसे कानून की अमिट रेखा बन उठती थी, "ईश्वर ने मुझे एक ही संतान दी थी, किन्तु फिर उसी की इच्छा हुई कि मैं अभागी, काकवंध्या भी न रह पाऊँ—उसे भी उसने छीन लिया। आज से तुम ही मेरी मयूरी बनोगी।"

दिन-भर अस्पताल में बिताकर दिन डूबे अवसन्न चित्त और क्लांत शरीर लेकर चंपा लौटती तो देखती, कमलेश्वरी तख्त पर अकेली बैठी, शून्य दृष्टि से आकाश को देख रही है। जिस विराट् पानदान के कत्थे-चूने के डिब्बों की सुवासित केवड़े की सुगंध ढकना खोलते ही कभी पान-सुपारी न खाने वाली चंपा की सयंमित जिह्वा को भी चुनौती दे उठती थी, उसी का कत्था चूना अब सूखकर पत्थर हो गया था। गोटेदार किमखाब से सँवरी, छोटी-छोटी डिब्बियाँ, मोतीजड़ा छालियों का भोपाली बटुआ एक ओर पड़ा था। वैधव्य ने कमलेश्वरी को ही नहीं, उस अट्टालिका की एक-एक वस्तु को भी डँसकर निष्प्राण कर दिया था। फिर भी कमलेश्वरी ने कभी भी चंपा से उस भयंकर दुर्घटना का उल्लेख न किया था, न चंपा ही ने कुछ पूछने की चेष्टा की। दोनों की एक-दूसरे के प्रति यही अस्वाभाविक तटस्थता उन्हें धीरे-धीरे एक अनोखी मैत्री की डोर में जकड़ती जा रही थी।

मिनी घोष, लंबी छुट्टी लेकर, बहन के पास धर्मशाला चली गई थी।

इसी से चंपा को कभी-कभी, तड़के ही ड्यूटी पर निकल जाना पड़ता था। लौटती तो रात हो जाती।

कमलेश्वरी ने सेनगुप्त का व्यवसाय स्वयं सँभाल लिया था। दिन-रात कोठी का अहाता अब फैक्टरी के कर्मचारियों से घिरा रहता। कमलेश्वरी स्वयं ही दिन-भर दफ्तर में बैठकर, पति की एक-एक अधूरी वसूली का लेखा-जोखा देखती।

"सोचती हूँ, सारे शेयर कर्मचारियों में बाँटकर, कहीं दूर तीर्थ यात्रा पर निकल जाऊँ, चंपा। तुम किसी ऐसी डाक्टरनी को नहीं जानतीं, जो कुछ दिनों तक तुम्हारा कार्यभार सँभाल ले?" उसने एक दिन कहा तो चंपा चौंक गई। किसी भी यात्रा के लिए उसका व्यथित भीरु चित्त अपनी स्वीकृति नहीं दे सकता था। उसने स्वेच्छा से ही तो अब अपने आजन्म कारावास के उदार दंड को स्वीकार कर लिया था।

"आप निश्चिंत होकर घूम आएँ, मिसेज़ सेनगुप्त," उसने कहा था, "मैं सब कुछ देखती रहूँगी, पर खुदू को साथ लेकर गिरीडीह, पुरी या आसपास ही कहीं घूमने की सलाह दूँगी मैं आपको। कभी यदि आपकी तबीयत खराब हो जाए, तो मैं अविलंब पहुँच सकती हूँ।"

"नहीं," कमलेश्वरी की पीड़ित पशु की-सी आँखों में अद्भुत दृढ़ता थी, "आसपास नहीं, दूर, बहुत दूर, ऐसी जगह, जहाँ मुझे कोई भी न जानता हो, कोई भी न पहचान सके, ऐसे अरण्य में जाना चाहूँगी मैं, चंपा! और भगवान के लिए, तुम मुझे 'मिसेज सेनगुप्त', 'मिसेज सेनगुप्त' कहकर दुखी मत किया करो, बेटी। वह अभागी भी मुझसे जब 'माँ' कहती थी, तो उसके सारे दोष मैं भूल जाती थी।"

दीर्घकाल के पश्चात् कमलेश्वरी का कंठ-स्वर अपनी स्वाभविक गरिमा में उतर आया था। वैधव्य के श्वेत परिधान ने उस तेजस्वी व्यक्तित्व को और भी तेजस्वी बना दिया था। उस दुर्धर्षता और प्रताप में कुटिलता नहीं थी।

"चंपा," उसने फिर बढ़कर चंपा के कन्धे पर हाथ धर दिया। उस स्वर में नरमी थी, पवित्रता थी, ममता थी। "जानती हो बेटी! आज कोजागरी पूर्णिमा है, आज लक्ष्मी जिस पर प्रसन्न होती हैं, उसका स्वयं वरण करती हैं।" वह अद्भुत ढंग से हँसी, "क्यों, मानती हो न?"

"मैं समझी नहीं।" चंपा की निष्कपट दृष्टि कमलेश्वरी के चेहरे पर

निबद्ध हो गई।

"आज लक्ष्मी ने तुम्हारा वरण किया है बेटी! मेरे गुरु की यही इच्छा हुई है। मैं अपनी चल-अचल संपत्ति आज ही तुम्हारे नाम पर कर दूँ, यही गुरु का आदेश हुआ है मुझे।"

"नहीं, नहीं, मुझे इस जंजाल में न डालें।" चंपा रुआँसी हो गई।

"तुम फिर चाहे उसे उठाकर किसी को दान कर दो, मुझे इसमें भी कोई आपत्ति नहीं होगी, पर मैं आज ही 'डीड' लिखने का संकल्प ले चुकी हूँ। तुम आज अस्पताल मत जाना, तीन बजे कलकत्ते से मेरा सॉलिसिटर मिस्टर मिटर आ रहा है। यह मेरा अनुरोध नहीं आदेश है बेटी।"

सचमुच ही एक तिनका भी कमलेश्वरी ने फिर अपने लिए नहीं रखा। खुदू को अपनी ज़मीन का एक मुरब्बा देकर, उन्होंने उसे अपने गृह-देवता के देवालय की देखभाल का काम सौंप दिया था। कोचवान, बैरा, बटलर, साइस—सबका हिसाब चुकता कर, उन्हें अवकाश दे, कमलेश्वरी ने स्वयं ही अपने उलझे जीवन की गुत्थियों को बहुत कुछ सुलझा लिया था। अस्तबल, फीलखाना, पोल्ट्री, छोटा अजायबघर देखते ही देखते बन्द कर दिए गए थे।

अचानक ही, हाथ में आ गई अपनी अटूट संपत्ति के विषय में चंपा ने माँ को कुछ भी नहीं लिखा था। भगवती के पत्रों में कभी भी उसकी बीमारी का कोई उल्लेख नहीं रहता। उसकी समग्र चिन्ता प्रवासिनी पुत्री को लेकर ही घनीभूत हो उठती थी। वह ठीक से खा-पी रही है या नहीं? चाँदमनी ठीक काम करती है? मिनी उसी के साथ रहती है क्या? किन्तु अपने स्वास्थ्य के विषय में कभी एक पंक्ति भी न लिखनेवाली सहनशीला जननी की नाड़ी जैसे उन पत्रों की पंक्तियों में ही आकर सहसा फड़कने लगती थी। वह ठीक नहीं है, वह कभी ठीक नहीं होगी, जीवित रहने की सब इच्छाएँ वह त्याग चुकी है, यह चंपा समझ गई थी। इस रोग में, औषधियों से भी अधिक महत्त्व जीवित रहने की इच्छा-शक्ति का रहता है, यह वह जानती थी।

एक दिन वह कमलेश्वरी को अस्वस्थ देखकर, अस्पताल से कुछ जल्दी ही लौट आई, तो देखा—मेज़ पर एक बन्द लिफाफा धरा है। अनजानी हस्तलिपि में किसी ने उसे अस्पताल के पते पर ही चिट्ठी डाली थी। एक बार देखकर उसने बन्द लिफाफा वैसे ही मेज़ पर वापस धर दिया। ऐसे न जाने कितने ही पत्र इधर उसके नाम से आने लगे थे। जब से कमलेश्वरी ने उसे अपनी

संपत्ति की उत्तरधिकारिणी बनाने की घोषणा की थी, न जाने कहाँ-कहाँ से ऐसे विचित्र पत्रों की उस पर वर्षा-सी ही हाने लगी थी। किसी विधुर का विवाह-प्रस्ताव, किसी नये व्यवसाय में शेयर होल्डर बनने का अनुरोध, किसी नवनिर्मित होटल को खरीदने का आग्रह उसे बुरी तरह उबाने लगे थे। निश्चय ही यह पत्र भी किसी ऐसे ही सिरफिरे का होगा। कमलेश्वरी को इंजेक्शन लगाकर जब वह कमरे में लौटी, तो देखा, हवा के झोंके से उड़कर वही चिट्ठी उसकी देहरी पर पड़ी है। उसका पैर उस लिफाफे पर पड़ा और शायद पत्र की वही धृष्टता उसके कौतूहल को जागरित कर गई।

लेटकर, उसने पत्र खोला। यह पत्र तो किसी पुरुष का नहीं था। एलिज़ाबेथ रौड्रिक के उस अनजाने नाम को देखकर वह उस लंबे पत्र को सीधा कर पढ़ने लगी।

"प्रिय डॉक्टर जोशी,

आप मुझे नहीं जानतीं, मैं आपकी छोटी बहन जुही की मित्र हूँ। हम दोनों कभी एक ही होटल में काम करते थे। इधर अचानक ही दिल्ली में एक पार्टी में उससे फिर भेंट हो गई थी। मुझे दुःख है कि आज आपको पहले ही परिचय में ऐसा दुःखद समाचार दे रही हूँ। आपकी बहन इधर दुर्भाग्य से एक मर्डर केस में इन्वॉल्व हो गई है। आपको शायद उसने बतलाया था कि वह कुछ ट्रबल में पड़ गई है। जिस निर्लज्ज ने उसकी ऐसी अवस्था की थी, उसने उसे विश्वास दिलाया था कि जुही का डाइवोर्स पूरा होते हीवह उससे विवाह कर लेगा, किन्तु इधर वह एक दूसरी ही सुंदरी पंजाबी लड़की को लेकर घूमने लगा था। फिर एक दिन दुर्भाग्य से उसकी सगाई का डिनर हमारे ही होटल में दिया गया। उसके भावी ससुर दिल्ली के प्रसिद्ध व्यवसायी हैं, इसी से समाज के सुप्रतिष्ठित नागरिक उस दिन वहाँ निमंत्रित थे। जुही इधर नहीं नाचती, पर मैं नाच रही थी। और मैंने ही उसे उस दिन डिनर के लिए अपनी अतिथि बनाकर निमंत्रित किया था। मैं आपको विश्वास दिलाती हूँ डॉक्टर जोशी, मुझे यह पता नहीं था कि मिस्टर बटरा की पुत्री की सगाई की दावत में मँगेतर बनकर मेरी प्यारी जुही का प्रेमी ही उपस्थित रहेगा। नाचते-नाचते मैंने उसे देखा, तो सुन्न रह गई। उसे अपदस्थ करने में मैंने फिर कोई भी कसर नहीं छोड़ी। उसके पिता के, उसकी सुंदरी मँगेतर के सामने ही बड़ी निर्लज्जता से नाचती-नाचती—मैं बैठ गई। "वी आर ओल्ड फ्रेंड्स आंट वी स्वीटहार्ट?" कहकर मैंने अपनी दोनों

बाँहें भी उसके गले में डाल दी थीं, फिर उसका चश्मा, बटुआ एक-एककर मैं अपनी कंचुकी की जानलेवा गहराई में डालती चली गई थी। कनखियों से मैंने देखा कि जुही सफेद चेहरे को घुमाकर, उसको एकटक देख रही है। मैंने हँसकर जुही की ओर एक चुंबन उड़ा दिया, जैसे कह रही हूँ, ''देख जुही, तेरा बदला मैं ले रही हूँ।'' पर तब ही जुही एक पल के लिए बिजली-सी चमकी और पर्स उठाकर अदृश्य हो गई।

बत्तियाँ बुझा दी गई थीं। मदमस्त मसालों की सुगंध, कटलरी की खनक, और मादक संगीत का नशा, अतिथियों को धीरे-धीरे बाँध रहा था कि एक धमाके ने सबको कँपा दिया। जुही के तमन्चे की दो सधी गोलियों ने तीर की तेज़ी से जैसे पूरे मजमे को ही निष्प्राण कर गिरा दिया था। खून से लथपथ जुही का प्राक्तन प्रेमी चमकीले फर्श पर औंधा पड़ा था।

जुही भागी नहीं। उसने स्वयं ही आत्मसमर्पण कर दिया; किंतु उसका आत्मसमर्पण भी अब उसे नहीं बचा सकता। वह बंदिनी है, और संभवतः आजन्म बंदिनी रहेगी। हाय, ऐसे सौंदर्य और ऐसे टैलेंट का ऐसा अंत! उसी से पता लेकर आपको पत्र लिख रही हूँ। यदि रुपया लगाकर एक अच्छा वकील रख सकें, तो शायद उसकी दलील उसकी सज़ा कुछ कम करा दे। जुही की अवस्था ही उसके दुर्बल पक्ष की एक सशक्त गवाह बन सकती है। परहैप्स यू कुड।'' लिखकर ही उसने कई जगह काट-कूटकर, अपने दस्तखत किए थे।

चंपा ने पत्र उठाकर बटुए में डाल दिया। खिड़की खोलकर वह खड़ी हो गई। माँ से जुही से हुए साक्षात्कार को तो वह छिपा गई थी, किंतु हत्या के अपराध में बंदिनी बनी, आसन्नप्रसवा कुँआरी बहन की लज्जा को क्या वह अब छिपा पाएगी? बहुत संभव था कि बुआ जैसी किसी भी मुखरा से सुना गया जुही के दुर्भाग्य का समाचार, पिता की ही भाँति, उसकी मृतप्राय जननी के भी प्राण ले ले। एक ही उपाय था कि वह स्वयं जाकर भगवती को फिर यहाँ ले आए। उसकी आयु निश्चित थी। सेनेटोरियम में किसी दुर्भाग्य का धक्का, उसकी अस्वाभाविक मृत्यु का कारण बने, इससे अच्छा था कि रोग का घातक डंक ही उसके प्राण ले ले। किंतु पहाड़ की यात्रा से उसका कायर चित्त बार-बार कतरा रहा था। क्या पता मार्ग में ही उसकी टक्कर अपने मँगेतर की बारात से हो जाए? सारी रात उसने करवटें बदलकर ही काट दी थी। कटघरे में खड़ी छोटी बहन का कल्पित पीला चेहरा देख

कर भी वह रो क्यों नहीं पा रही थी? वह अब अटूट सम्पत्ति की उत्तराधिकारिणी थी। एक शब्द भी वह यदि कहती, तो कमलेश्वरी उसकी बहन के गले से फाँसी का फंदा कटवाने, कड़े से कड़े जल्लाद को भी अपने उत्कोच से साध सकती थी। किसी भी प्रसिद्ध वकील को खरीदना उसके लिए कौड़ियों का खेल था और बहुत संभव था कि उस वकील का कौशल जुही को बचा ले। किंतु सगी बहन के लिए उसके हृदय में, अब केवल घृणा ही शेष थी। जितनी ही बार वह जीने की चेष्टा करती, उतनी ही बार जुही ही, जैसे उसे कुचलकर रख दे रही थी। आज तक वह केवल यवनप्रेमी के साथ भाग गई निर्लज्ज जुही की ही बड़ी बहन थी, अब वह एक खूनी की बहन थी। बहन के कलंक का यह टीका अब वह अपने ललाट से सहज सुगमता से नहीं मिटा पाएगी।

दूसरे दिन वह चाय की मेज़ पर गई, तो अखबार पढ़ रही कमलेश्वरी ने चश्मा उतारकर मेज़ पर धर दिया और खुला अखबार चंपा की ओर बढ़ाकर, एक लंबी साँस खींचकर कहा, "मुझे पहले ही दिन उस लड़की को देखकर यह संदेह हुआ था। मयूरी की वह मित्र रिनी खान हत्या के अपराध में पकड़ी गई है, चंपा ऐसा पीला चेहरा क्या कभी उस अवस्था के बिना हो सकता था?"

बड़े-बड़े अक्षरों में उस निर्मम हत्याकांड का पूरा समाचार छापकर, रससिद्ध सम्पादक ने जुही का एक बड़ा-सा चित्र भी छाप दिया था। उसकी पतली साड़ी के आँचल से मुँह ढाँपने की व्यर्थ चेष्टा के बीच भी, चतुर चितेरे ने उस सुंदर चेहरे की एक-एक कुटिल रेखा को कैमरे में बंदी बना लिया था। दो कद्दावर पुलिसवालों के बीच, दुबली-पतली जुही एकदम ही अनचीन्ही लग रही थी। कानों के मीनारदार झुमके, कंठ का सीतारामी हार, कुछ भी नहीं उतार पाई थी शायद! पार्टी की सज्जा में ही प्रेमी के खून से रँगे हाथों को बाँधकर, वह निर्लज्जता से मुस्कराती अपनी कैबरे-नर्तकी की मुद्रा में ही अपने दर्शकों के सम्मुख जैसे कर्ट्सी कर रही थी!

"पता नहीं कैसा ज़माना आ गया है बेटी, ऐसी भोली सूरत थी इस लड़की की। एकदम कृष्णनगर की बनी दुर्गा-प्रतिमा-सी लगती थी। और फिर क्या उम्र होगी! कभी-कभी सोचती हूँ, अच्छा ही हुआ अभागी मयूरी एक ही बार रुलाकर चली गई। क्या पता, कभी ऐसा ही कुछ वह भी कर बैठती, तो ज़िन्दगी-भर मुझे रुलाती रहती। बड़ी तबीयत घबड़ा गई है, बेटी,

हीं, उस कुँआरे लड़के के साथ चार दिन बिता भी ा करती तो विद्या कसम, अभागी का गला अपने हाथ पल भी नहीं लगता। कभी रामदत्त ने झूठ नहीं बोला, तेरे लिए झूठा भी बना। तेरी माँ के पास भागा गया तेरा पता माँगा कि मेरा बेटा तुझसे ही शादी करने की ता दे दो समधिन, तो तुम्हारी लड़की के पैरों में टोपी ाऊँ। उसने पता ही नहीं दिया, मुझे यह टीका भी थमा ी माँ को लौटा देना।'' जेब से एक पीले मैले रूमाल में तुड़ा नोट रामदत्तजी ने निकालकर दूर पटक दिया। द भी नहीं बोली। कुर्सी के हत्थे को पूरी शक्ति से दबाए, काँपते पैरों के सन्तुलन को साध रही थी।

र तेरी सब कीर्ति सुन ली। वेश्या ने तुझे दत्तक पुत्री बनाकर पूरी कर ली है, क्यों? वाह-वाह, क्या आदर्श कुल है! पिता ाले गए, बहन मुसलमान के साथ भागी और अब हत्या के काट रही है। स्वयं कन्या कुँआरे लड़कों पर डोरे डाल-डालकर की शिक्षा ले रही है। 'मृच्छकटिक' पढ़ा है छोकरी? गणिका प्रासाद भी ऐसा ही था।'' रामदत्तजी ने विद्रूप की दृष्टि से ी भव्य बैठक को देखकर फिर अपनी कठोर वाणी का गँडासा रोह गर्दन पर साध लिया, ''विदूषक मैत्रेय उस विशाल प्रासाद कोष्ठों को पार करता हुआ ठीक मेरी ही तरह तुम्हारी इस ी चेरी के साथ आठवें प्रकोष्ठ में पहुँचता है, विविध वस्त्रालंकारों त वसंतसेना के भाई को देखकर उसने जो कहा था, वही कहने मेरी जिह्वा फड़क रही है छोकरी—

'मा वद्यद्यपेष्य उज्ज्वलः स्निग्धश्च सुगन्धश्च...
तथापि श्मशानवीत्यां जातचम्पकवृक्षोनऽभिगमनीयोलोकस्या...'

ोह, कैसी मेल खाती पंक्तियाँ हैं, यद्यपि यह उज्ज्वल, स्निग्ध और है तब भी श्मशानवीथी में विकसित चम्पक वृक्ष की भाँति लोगों भिगमनीय नहीं है। कोई भी तेरे पास नहीं आना चाहेगा। चंपा नहीं, चंपा है तू लड़की, देख...'' सहसा उनका कठोर स्वर कोमल गांधार वरोह में उतर आया, ''आज से आठवें दिन मेरे बेटे का विवाह है, इस मेरे पुत्र का अनिष्ट मत करना, समझी?''

चल अब थोड़े दिन कहीं दूर निकल जाएँ। न हो तो लौटकर फिर तुम्हारी माँ को भी देखने चले जाएँगे, क्यों?''

माँ को अपनी आकस्मिक यात्रा के विषय में बिना कुछ बताए ही चंपा फिर अपनी उस विचित्र तीर्थयात्रा पर निकल गई थी। गाड़ी में बैठते ही उसे अपने बचकाने निर्णय की अल्पज्ञता का भास हुआ था। प्रत्येक निश्चय लेने से पूर्व, वह आज तक निर्णय के दोनों पक्षों को किसी अनुभवी सच्चे जौहरी की निष्पक्षता से अपने विवेक की न्यायतुला पर, तीखी दृष्टि से जाँच लिया करती थी। किंतु आज परिस्थिति की विषमता ने उसका स्वभाव ही बदल दिया था। निरुद्देश्य भटकने को ही उसके आहत प्राण, बड़ी व्यग्रता से ही, कमलेश्वरी की फैली बाँहों में, किसी अबोध शिशु की ही भाँति, ललककर कूद गए थे।

पूरे एक महीने तक नित्य चक्र-सी घूमती गाड़ियों से चढ़ती-उतरती उन दो विचित्र तीर्थयात्रिणियों ने भारत का शायद एक तीर्थ भी नहीं छोड़ा था। जहाँ भी दोनों जातीं, लोग आश्चर्य से मुड़-मुड़कर उस प्रभावशाली जोड़ी को देखने लगते। लंबे कद की कोरी कमलेश्वरी, अवस्था ढलने पर भी, जिसके अंगों में यौवन की मादकता छलकी पड़ती थी, गंभीर मुखमंडल और आँखों में स्थिर तेज, साथ में अंकुरित नवयौवना चंपा; छोटी-सी सुडौल तीखी नासिका, चमकती आँखें और नुकीले तेवर। दोनों के चहरे भयभीत और चिंतापूर्ण लगते थे। दोनों के ही ललाट पर कुंचित रेखाएँ थीं। दोनों की ही अश्रुसिक्त आँखों में ऐसी घबड़ाहट थी जैसे शिकारी पीछा कर रहा हो।

उसी यात्रा के एकांत में, एक दिन चंपा ने अपना निश्चय ले लिया। ऋषिकेश की भव्य वनस्थली के एक भूखंड ने उसे सहसा हाथ पकड़कर रोक लिया था। प्रसन्नता से उसकी आँखें चमक उठीं। बर्दवान की समस्त संपत्ति बेचकर, दोनों इसी एकांत में एक अनूठे बाल-गृह की स्थापना करेंगी। साथ में जुड़ा होगा 'मयूरी चिकित्सालय'। कमलेश्वरी उस बाल-गृह की संचालिका बनेगी। अविवाहित माताओं की परित्यक्त सन्तान को अपना ममतामय संरक्षण देकर, वह अपने काकवंध्या होने की व्यथा को निश्चय ही भुला सकेगी और चंपा? वह भी क्या अपनी वेदना को भूलना चाहती थी! सिंहासन, अंबारी छत्र, चँवर के आडम्बर के बिना ही, वह जिस साम्राज्य की सम्राज्ञी बनी थी, एक रात के लिए जिस सम्राट् के हृदयासन की निरंकुश

पटरानी बन, उसने स्वर्ग की अलभ्य निधि को पा लिया था, उस स्मृति की वल्लभता क्या कभी विलुप्त हो सकती थी!

कमलेश्वरी को उसका प्रस्ताव बचकाने उत्साह से भर गया था। "निश्चय ही हमारी इस योजना का भविष्य उज्ज्वल रहेगा, चंपा।" वह मार्ग-भर उसी कल्पना में डूबी रही थी।

"हमारे देश में एक ऐसे ही अस्पताल और बाल-गृह की आवश्यकता है। कितनी ही अबोध कुँवारी लड़कियाँ आज तक इन फूहड़ दाइयों के हाथ में पड़कर प्राण गँवा चुकी हैं। एक बार की गई भूल को सुधारना क्या कोई पाप है? यदि कोई सन्तानहीन दंपती हमारे बाल-गृह से दत्तक सन्तान लेना चाहे, तो उसकी भी हम समुचित व्यवस्था करेंगे। क्यों, है न बेटी?"

घर पहुँचते-पहुँचते चंपा का सारा उत्साह स्वयं ही चुक गया था। मामा की लम्बी-चौड़ी चिट्ठी आई थी, भगवती ने किसी अखबार में जुही का चित्र देख लिया था और शायद उसी धक्के ने उसके हिमोपयेरिस को फिर उभाड़ दिया था। रक्त के कई थक्कों के साथ उसके प्राण निकल नहीं गए, यही आश्चर्य था। कभी भी कुछ हो सकता था। इसी से मामा ने उससे बार-बार आग्रह किया था कि वह शीघ्र ही भवाली आकर भगवती को एक बार देख जाए। कमलेश्वरी उसे किसी भी तरह अकेली छोड़ने को राज़ी नहीं हुई थी।

"आज ही रात को गाड़ी से हम चल देंगी, चंपा। मैंने फोन कर नानूर अस्पताल की सबचार्ज को बुलवा लिया है, वह तुम्हारा काम देखेगी।"

नित्य संध्या को अपने गृहदेवता के मन्दिर की आरती उतारने कमलेश्वरी चंपा को लेकर ही जाया करती थी। उस दिन वह अकेली ही चली गई थी। अँधेरे गोल कमरे में चंपा ऊँची मखमली कुर्सी पर आँखें बन्द किए मुर्दा-सी पड़ी थी। भगवती के जीवन की अब उसे कोई आशा नहीं थी। क्या पता, आठ दिन पूर्व लिखे गए मामा के पत्र के पश्चात् उसकी अवस्था और भी शोचनीय हो गई हो!

एक बार उसके जी में आया, वह कमलेश्वरी से अपने पहाड़ जाने की असमर्थता का खुलासा कर, सब कुछ बतला दे। तीर्थ-यात्रा के एकांत में कई बार उसे इसी प्रलोभन ने चुनौती दी थी कि कितने ही ऐसे अवसर आए थे, जब कमलेश्वरी ने बड़े छल-बल से उसके हृदय की थाह लेने का प्रयास किया था।

"तुम इतनी
घुल रही हो?"
वह जिस चिंत
किसी को नहीं थमा
सहसा पर्दा सरसर
आए हैं, दीदी, आपको
"भेज दे।" चंपा ने
जब से वह कमलेश्व
का एक लंबा क्यू लगा ही
कभी किसी मीटिंग के लिए
कमेटी के सदस्य उसे घेरे रह
"ओह, तो यही है वह ब
गहन अन्धकार में चमक रही,
उसके सुकुमार चेहरे को भूनकर
क्रोध से वह सुदर्शन चेहरा वि
के झोंके ने सहसा गाँठ बँधी शि
दिया था। प्रखर ललाट पर लगी वै
के तीसरे उग्र नेत्र-सी ही फड़क रही
बैठिए।" चंपा उठकर पैर छूने लपकी
"बस कर, बस कर, मुझे मत छू
क्या मुझे?" वह उसी दामी कालीन पर
गए। "मैं समझती नहीं!" चंपा के स्वर
काँपने लगे।
"क्यों समझेगी, क्यों समझेगी! दूध के
हूँः, छोकरी हमें चराती है। हम सब सुन चुके
बाल सफेद..." वाक्य पूरा भी नहीं कर पाए
उन्हें दुहरा कर गया, फिर दोनों हाथ कमर पर
बोलते चले गए, "अभी भी नहीं समझी क्या? त
ने मुझे सब कुछ बता दिया। फिर हमने, कुछ बाते
से उगलवाईं। जब तुझे तेरी बुआ ने भवाली में
मधुकर की सगाई जया से हो गई है, तो फिर तू उ

क्यों पहुँची? गई ही
आई। मेरी लड़की ऐस
से घोंटने में मुझे एक
पर इस उम्र में वह
भवाली। यह कहकर
ज़िद ले बैठा है। प
रखकर, उसे मना
दिया, ले, इसे अप
बँधा सौ का मुड़ा
चंपा एक श
वह शायद अपने
"यहाँ आक
रही-सही कसर
नौकरी से निक
अपराध में जेल
अपने नये पेशे
वसंतसेना का
कमलेश्वरी क
चंपा की नि
के सात प्र
महल्लिक-स
से सुसज्जि
को आज

"अ
सुगंधित
द्वारा अ
श्मशान
के अ
बीच

फिर जैसे सहसा निरभ्र आकाश में उदित धूमकेतु की भाँति वह क्रोधी बूढ़ा प्रकट हुआ था, वैसे ही बिजली की गति से मुड़कर, खटाखट सीढ़ियाँ उतर गया। बड़ी देर बाद कमलेश्वरी मन्दिर से लौटी तो उसने देखा—कुर्सी पर बैठी चंपा अपनी शुभ्र बाँह पर लिख रही है। ''अरे, यह अपने हाथ में क्या अपना कोई डाक्टरी प्रिसक्रिप्शन लिखने लगी है बेटी?'' कमलेश्वरी ने हँसकर पूजा की टोकरी मेज पर धर उसकी बाँह की लिखावट पढ़ने झुकी—

''श्री श्री गुरु केनाराम की अधम दासी...''

लिखते-लिखते, फिर शायद कलम से अकस्मात् निकल गया स्याही का एक बड़ा-सा धब्बा, उसके नाम की लिपि को स्वयं ही मिटा गया था।

●●●

चल अब थोड़े दिन कहीं दूर निकल जाएँ। न हो तो लौटकर फिर तुम्हारी माँ को भी देखने चले जाएँगे, क्यों?"

माँ को अपनी आकस्मिक यात्रा के विषय में बिना कुछ बताए ही चंपा फिर अपनी उस विचित्र तीर्थयात्रा पर निकल गई थी। गाड़ी में बैठते ही उसे अपने बचकाने निर्णय की अल्पज्ञता का भास हुआ था। प्रत्येक निश्चय लेने से पूर्व, वह आज तक निर्णय के दोनों पक्षों को किसी अनुभवी सच्चे जौहरी की निष्पक्षता से अपने विवेक की न्यायतुला पर, तीखी दृष्टि से जाँच लिया करती थी। किंतु आज परिस्थिति की विषमता ने उसका स्वभाव ही बदल दिया था। निरुद्देश्य भटकने को ही उसके आहत प्राण, बड़ी व्यग्रता से ही, कमलेश्वरी की फैली बाँहों में, किसी अबोध शिशु की ही भाँति, ललककर कूद गए थे।

पूरे एक महीने तक नित्य चक्र-सी घूमती गाड़ियों से चढ़ती-उतरती उन दो विचित्र तीर्थयात्रिणियों ने भारत का शायद एक तीर्थ भी नहीं छोड़ा था। जहाँ भी दोनों जातीं, लोग आश्चर्य से मुड़-मुड़कर उस प्रभावशाली जोड़ी को देखने लगते। लंबे कद की कोरी कमलेश्वरी, अवस्था ढलने पर भी, जिसके अंगों में यौवन की मादकता छलकी पड़ती थी, गंभीर मुखमंडल और आँखों में स्थिर तेज, साथ में अंकुरित नवयौवना चंपा; छोटी-सी सुडौल तीखी नासिका, चमकती आँखें और नुकीले तेवर। दोनों के चहरे भयभीत और चिंतापूर्ण लगते थे। दोनों के ही ललाट पर कुंचित रेखाएँ थीं। दोनों की ही अश्रुसिक्त आँखों में ऐसी घबड़ाहट थी जैसे शिकारी पीछा कर रहा हो।

उसी यात्रा के एकांत में, एक दिन चंपा ने अपना निश्चय ले लिया। ऋषिकेश की भव्य वनस्थली के एक भूखंड ने उसे सहसा हाथ पकड़कर रोक लिया था। प्रसन्नता से उसकी आँखें चमक उठीं। बर्दवान की समस्त संपत्ति बेचकर, दोनों इसी एकांत में एक अनूठे बाल-गृह की स्थापना करेंगी। साथ में जुड़ा होगा 'मयूरी चिकित्सालय'। कमलेश्वरी उस बाल-गृह की संचालिका बनेगी। अविवाहित माताओं की परित्यक्त सन्तान को अपना ममतामय संरक्षण देकर, वह अपने काकवंध्या होने की व्यथा को निश्चय ही भुला सकेगी और चंपा? वह भी क्या अपनी वेदना को भूलना चाहती थी! सिंहासन, अंबारी छत्र, चँवर के आडम्बर के बिना ही, वह जिस साम्राज्य की सम्राज्ञी बनी थी, एक रात के लिए जिस सम्राट् के हृदयासन की निरंकुश

पटरानी बन, उसने स्वर्ग की अलभ्य निधि को पा लिया था, उस स्मृति की वल्लभता क्या कभी विलुप्त हो सकती थी!

कमलेश्वरी को उसका प्रस्ताव बचकाने उत्साह से भर गया था। ''निश्चय ही हमारी इस योजना का भविष्य उज्ज्वल रहेगा, चंपा।'' वह मार्ग-भर उसी कल्पना में डूबी रही थी।

''हमारे देश में एक ऐसे ही अस्पताल और बाल-गृह की आवश्यकता है। कितनी ही अबोध कुँवारी लड़कियाँ आज तक इन फूहड़ दाइयों के हाथ में पड़कर प्राण गँवा चुकी हैं। एक बार की गई भूल को सुधारना क्या कोई पाप है? यदि कोई सन्तानहीन दंपती हमारे बाल-गृह से दत्तक सन्तान लेना चाहे, तो उसकी भी हम समुचित व्यवस्था करेंगे। क्यों, है न बेटी?''

घर पहुँचते-पहुँचते चंपा का सारा उत्साह स्वयं ही चुक गया था। मामा की लम्बी-चौड़ी चिट्ठी आई थी, भगवती ने किसी अखबार में जुही का चित्र देख लिया था और शायद उसी धक्के ने उसके हिमोपयेरिस को फिर उभाड़ दिया था। रक्त के कई थक्कों के साथ उसके प्राण निकल नहीं गए, यही आश्चर्य था। कभी भी कुछ हो सकता था। इसी से मामा ने उससे बार-बार आग्रह किया था कि वह शीघ्र ही भवाली आकर भगवती को एक बार देख जाए। कमलेश्वरी उसे किसी भी तरह अकेली छोड़ने को राज़ी नहीं हुई थी।

''आज ही रात को गाड़ी से हम चल देंगी, चंपा। मैंने फोन कर नानूर अस्पताल की सबचार्ज को बुलवा लिया है, वह तुम्हारा काम देखेगी।''

नित्य संध्या को अपने गृहदेवता के मन्दिर की आरती उतारने कमलेश्वरी चंपा को लेकर ही जाया करती थी। उस दिन वह अकेली ही चली गई थी। अँधेरे गोल कमरे में चंपा ऊँची मखमली कुर्सी पर आँखें बन्द किए मुर्दा-सी पड़ी थी। भगवती के जीवन की अब उसे कोई आशा नहीं थी। क्या पता, आठ दिन पूर्व लिखे गए मामा के पत्र के पश्चात् उसकी अवस्था और भी शोचनीय हो गई हो!

एक बार उसके जी में आया, वह कमलेश्वरी से अपने पहाड़ जाने की असमर्थता का खुलासा कर, सब कुछ बतला दे। तीर्थ-यात्रा के एकांत में कई बार उसे इसी प्रलोभन ने चुनौती दी थी कि कितने ही ऐसे अवसर आए थे, जब कमलेश्वरी ने बड़े छल-बल से उसके हृदय की थाह लेने का प्रयास किया था।

"तुम इतनी उदास क्यों हो गई हो, बेटी? क्या माँ की चिंता में ही ऐसे घुल रही हो?"

वह जिस चिंता में घुल रही थी, उसका सूत्र वह अब चाहने पर भी किसी को नहीं थमा सकती थी।

सहसा पर्दा सरसराकर खुला और खुदू आकर खड़ी हो गई, "कोई साहब आए हैं, दीदी, आपको पूछ रहे हैं।"

"भेज दे।" चंपा ने ऊबकर आँखें फिर बंद कर लीं।

जब से वह कमलेश्वरी की दत्तक पुत्री बनी थी, इन पूछने वाले साहबों का एक लंबा क्यू लगा ही रहता। कभी किसी काग़ज़ पर दस्तखत करवाने, कभी किसी मीटिंग के लिए मंत्रणा करने, फैक्टरी के मैनेजर, एक्ज़ीक्यूटिव कमेटी के सदस्य उसे घेरे रहते।

"ओह, तो यही है वह बड़ी कोठी!" चंपा ने चौंककर दृष्टि उठाई और गहन अन्धकार में चमक रही, किसी गुलदार की-सी घूरती उन आँखों ने उसके सुकुमार चेहरे को भूनकर रख दिया।

क्रोध से वह सुदर्शन चेहरा विकृत हो गया था। खिड़की से आ रहे हवा के झोंके ने सहसा गाँठ बँधी शिखा को प्रश्न के चिह्न-सा ही सतर कर दिया था। प्रखर ललाट पर लगी वैष्णवी त्रिपुंड की चन्दन-चर्चित रोली, रुद्र के तीसरे उग्र नेत्र-सी ही फड़क रही थी। "आप? आप यहाँ कैसे आ गए? बैठिए।" चंपा उठकर पैर छूने लपकी।

"बस कर, बस कर, मुझे मत छूना। आज एकादशी है। भ्रष्ट करेगी क्या मुझे?" वह उसी दामी कालीन पर घृणा से थूककर दो कदम पीछे हट गए। "मैं समझती नहीं!" चंपा के स्वर-भंग के साथ ही, उसके होंठ भी काँपने लगे।

"क्यों समझेगी, क्यों समझेगी! दूध के दाँत भी टूटे हैं जो समझेगी! हः, छोकरी हमें चराती है। हम सब सुन चुके हैं। रामदत्त शास्त्री ने धूप में बाल सफेद..." वाक्य पूरा भी नहीं कर पाए थे कि खाँसी का विकट दौरा उन्हें दुहरा कर गया, फिर दोनों हाथ कमर पर धरकर वह हाँफ-हाँफ कर, बोलते चले गए, "अभी भी नहीं समझी क्या? तब सुन ले लड़की, केसरुवा ने मुझे सब कुछ बता दिया। फिर हमने, कुछ बातें अपने उस अपदार्थ छोकरे से उगलवाईं। जब तुझे तेरी बुआ ने भवाली में ही बतला दिया था कि मधुकर की सगाई जया से हो गई है, तो फिर तू उस पर डोरे डालने बम्बई

क्यों पहुँची? गई ही नहीं, उस कुँआरे लड़के के साथ चार दिन बिता भी आई। मेरी लड़की ऐसा करती तो विद्या कसम, अभागी का गला अपने हाथ से घोंटने में मुझे एक पल भी नहीं लगता। कभी रामदत्त ने झूठ नहीं बोला, पर इस उम्र में वह तेरे लिए झूठा भी बना। तेरी माँ के पास भागा गया भवाली। यह कहकर तेरा पता माँगा कि मेरा बेटा तुझसे ही शादी करने की ज़िद ले बैठा है। पता दे दो समधिन, तो तुम्हारी लड़की के पैरों में टोपी रखकर, उसे मना लाऊँ। उसने पता ही नहीं दिया, मुझे यह टीका भी थमा दिया, ले, इसे अपनी माँ को लौटा देना।'' जेब से एक पीले मैले रूमाल में बँधा सौ का मुड़ा-तुड़ा नोट रामदत्तजी ने निकालकर दूर पटक दिया।

चंपा एक शब्द भी नहीं बोली। कुर्सी के हत्थे को पूरी शक्ति से दबाए, वह शायद अपने काँपते पैरों के सन्तुलन को साध रही थी।

''यहाँ आकर तेरी सब कीर्ति सुन ली। वेश्या ने तुझे दत्तक पुत्री बनाकर रही-सही कसर पूरी कर ली है, क्यों? वाह-वाह, क्या आदर्श कुल है! पिता नौकरी से निकाले गए, बहन मुसलमान के साथ भागी और अब हत्या के अपराध में जेल काट रही है। स्वयं कन्या कुँआरे लड़कों पर डोरे डाल-डालकर अपने नये पेशे की शिक्षा ले रही है। 'मृच्छकटिक' पढ़ा है छोकरी? गणिका वसंतसेना का प्रासाद भी ऐसा ही था।'' रामदत्तजी ने विद्रूप की दृष्टि से कमलेश्वरी की भव्य बैठक को देखकर फिर अपनी कठोर वाणी का गँडासा चंपा की निरीह गर्दन पर साध लिया, ''विदूषक मैत्रेय उस विशाल प्रासाद के सात प्रकोष्ठों को पार करता हुआ ठीक मेरी ही तरह तुम्हारी इस महल्लिक-सी चेरी के साथ आठवें प्रकोष्ठ में पहुँचता है, विविध वस्त्रालंकारों से सुसज्जित वसंतसेना के भाई को देखकर उसने जो कहा था, वही कहने को आज मेरी जिह्वा फड़क रही है छोकरी–

'मा वद्यद्यपेष्य उज्ज्वलः स्निग्धश्च सुगन्धश्च...
तथापि श्मशानवीत्यां जातचम्पकवृक्षोनऽभिगमनीयोलोकस्या...'

''ओह, कैसी मेल खाती पंक्तियाँ हैं, यद्यपि यह उज्ज्वल, स्निग्ध और सुगंधित है तब भी श्मशानवीथी में विकसित चम्पक वृक्ष की भाँति लोगों द्वारा अभिगमनीय नहीं है। कोई भी तेरे पास नहीं आना चाहेगा। चंपा नहीं, श्मशान चंपा है तू लड़की, देख...'' सहसा उनका कठोर स्वर कोमल गांधार के अवरोह में उतर आया, ''आज से आठवें दिन मेरे बेटे का विवाह है, इस बीच मेरे पुत्र का अनिष्ट मत करना, समझी?''

फिर जैसे सहसा निरभ्र आकाश में उदित धूमकेतु की भाँति वह क्रोधी बूढ़ा प्रकट हुआ था, वैसे ही बिजली की गति से मुड़कर, खटाखट सीढ़ियाँ उतर गया। बड़ी देर बाद कमलेश्वरी मन्दिर से लौटी तो उसने देखा–कुर्सी पर बैठी चंपा अपनी शुभ्र बाँह पर लिख रही है। ''अरे, यह अपने हाथ में क्या अपना कोई डाक्टरी प्रिसक्रिप्शन लिखने लगी है बेटी?'' कमलेश्वरी ने हँसकर पूजा की टोकरी मेज पर धर उसकी बाँह की लिखावट पढ़ने झुकी–

''श्री श्री गुरु केनाराम की अधम दासी...''

लिखते-लिखते, फिर शायद कलम से अकस्मात् निकल गया स्याही का एक बड़ा-सा धब्बा, उसके नाम की लिपि को स्वयं ही मिटा गया था।

●●●